講談社文庫

Cocoon

京都・不死篇2—疼—

夏原エヰジ

講談社

〈**瑠璃**〉
本シリーズの主人公。鬼斬りの能力を持つ。
元・吉原の花魁。
平将門を倒したが、片腕と引き換えに最強の鬼・
操ろうと京都に来たところ、生き鬼を救う術を
新たな敵「夢幻衆」と出くわす。
鬼退治組織「黒雲」頭領。

〈**蓮音**〉
島原の太夫。
美人だが性格は悪い。
瑠璃を敵視している。

〈**麗**〉
瑠璃が京都で出会った女の子。
実は「夢幻衆」の一員で、鬼の角を持つ。

〈**文野閑馬**〉
京都生まれ、京都育ちの人形師。
黒雲の協力者となる。

夢幻衆

不老不死を望む謎の陰陽師集団。

妖たち

〈宗旦〉
左の前足を失った妖狐。人間に変化することができる。

〈露葉〉
若作りの山姥。薬を作るのが得意。

〈お恋〉
狸の姿をした、信楽焼の付喪神。瑠璃を慕って京都までついてきた。

〈長助〉
袖引き小僧。心が綺麗な人にしか見えない。

〈白〉
雄の猫又。

キャラクターイラスト　長乃

黒雲

〈瑠璃〉
〈権三〉
大男。自分の店を持ち、
板長をしている。
金剛杵を操る。
〈栄二郎〉
双子の弟。
豊二郎と結界を作る。
瑠璃に何やら想いが
あるようで……？
〈豊二郎〉
双子の兄。
栄二郎と結界を作る。
瑠璃の妹分と所帯を持った。
〈錠吉〉
眉目秀麗な僧侶。
鬼退治の際は
錫杖で戦う。

夏原エキジ
Eiji Natsuhara

コクーン
COCOON

京都・不死篇2
疼〈どう〉

序

暗く狭い闇の中。童子《どうじ》の耳に入ってきたのは、兄の悲鳴であった。

「嫌だ、離せっ。父ちゃん、母ちゃん、助け――」

「うるせえ死ね」

ぐしゃ、と柔らかいものが潰《つぶ》れる音がした。

――兄ちゃん……。

童子は叫び出したい衝動に駆《か》られ、慌てて口を両手で覆《おお》った。全身がガタガタと震えて止まらない。浅く細切れな呼気とともに、心の臓が口から飛び出してしまいそうだった。

叫べば外にいる男たちに気づかれる。自分が小屋の中、床下の狭い貯蔵庫に隠れていると気づかれてしまう。外の異変を察した父と母は、自分と兄をこの床下に押しこんで小屋を出ていった。「何があっても絶対に出るな」と蒼白な顔で念押しして。しかし兄は両親のことが心配でたまらず、言いつけを破って外に出てしまった。

悲鳴が聞こえたきり、兄の声は絶えていた。

彼の安否《あんぴ》を確かめに行く勇気は、今の童子にはなかった。

――何なんだよ、あいつらは。何で、こんなことになったんだよ……。

床下に押しこまれる寸前、童子は外の光景を一瞬だけ目にしていた。

夜の山に躍る無数の松明《たいまつ》。赤黒い灯《ともしび》が浮かび上がらせる、見知らぬ男たちの笑み。奴らはこの山にとって招かれざる客だった。目をらんらんと見開き、歯を剝《む》き出して笑う顔――自分たちと親交を深めるためにやってきたのでないことは、幼い童子にもすぐ理解できた。

奴らは侵入者だ。そして虐殺者でもあった。

貯蔵庫の中にいても、同族たちの魂《たまぎ》消る声が絶え間なく聞こえてくる。突然の事態に誰もが反撃できないでいるのだ。外に出ていった父は、母は、どうなったのだろう。この床下から出て確かめたい。確かめなければならない。そう思いながらも、童子はひとり膝を抱えて震えることしかできなかった。

あいつの、あいつのせいだ。

侵入者たちの姿を見て兄はこう言っていた。あいつが一人で山を下りるのを見た。

きっとあいつが奴らをここへ連れてきたんだ、と。

——どうしてあんな恐ろしい奴らを……俺や兄ちゃんがあいつを苛《いじ》めたから？　もしかしてその仕返しで、奴らを山に仕向けたのか？

だとしたらあまりにひどい仕打ちではないか。一族を巻きこんだ仕返しなんて、どうしてそのようにむごたらしいことを思いつくのか。

——全部、夢だったらいいのに。神さま、山の神さま、助けて。

「うっ、う……」

幼い子どもにとってこの状況は残酷すぎる。童子はたまらずうめき声を漏《も》らした。

その時、

「おい、こっちから声がしたぞ」

童子は凍りついた。男たちがいつの間にか小屋に侵入していたのだ。

「誰もいねえ。お前の空耳じゃねえのか？」

「いや、確かに聞いた。ガキの声がしたんだ。どっかに隠れてやがるな」

ぎ、ぎい、と床を踏《ふ》む音。二人ぶんの足音がこちらに近づいてきた。童子は必死に口を押さえ、呼吸を止める。しかし心の臓が激しく脈打つのは抑えられない。脈動の音が奴らに聞こえてしまいそうなほどだった。

見つかったら何をされるか、考えただけで心の臓はさらに強く跳《は》ねる。

――あっち行け、来るな来るな来るな。ああ、神さま……。

一歩ずつ近づいてくる足音。童子は固く両目をつむった。

すると祈りが天に通じたのだろうか、男たちは童子が隠れている床のすぐ上で歩を止めた。

「この声は……醜い〝鬼〟どもめ、全員まとめて退治してくれる」

「行くぞっ」

男たちは焦《あせ》った声を残して小屋を出ていった。

助かった――危機はひとまず去ったのだ。

だがこのままここにいてはいずれ見つかってしまう。そう考えた童子は意を決して動き始めた。勇気が湧いたというよりも、死にたくないという恐怖心が働いた。

怖々と床を持ち上げて、周囲をうかがう。誰もいない。貯蔵庫から這《は》い出た童子は気配を殺しながら足を進め、小屋から外へと顔を出した。

途端、目に飛びこんできたのは地に仰向けになった兄の姿だった。

「兄ちゃ――」

駆け寄ろうとした童子は、しかし兄の顔へと視線を移すなり立ちすくんだ。

兄の顔面は奇妙な具合に歪《ゆが》んでいた。裂《さ》けた肌から血と肉がこぼれ出ている。鈍器が直撃したのであろう片目は頭蓋《ずがい》の内側にめりこみ、もう片方の目玉は、頭の横に石ころのごとく転がっていた。

「あ……あ、あああ……」

死んでいる。

いついかなる時も一緒だった兄が、大好きな兄が。

——俺が、ちゃんと止めなかったから？　助けに行かなかったから……？

震えながら思わず目をそらすや、今度は別の死骸《おろく》が目に入った。後頭部を割られた男の死骸。命の絶えた虚《うつ》ろな目でこちらを見ているのは、童子の父親であった。

明日、二人一緒に狩りを教えてやるからな——。

夕餉《ゆうげ》の時に父とそう約束したばかりだった。前々から狩りに関心を寄せていた兄は大喜びで、とびきり大きな鹿を獲《と》るんだと張り切っていた。童子も忙しい父と思いきり一緒にいられるのが嬉しくて、早く明日にならないかと待ちきれなかった。

だが、その明日は、もう来ない。

「何で、何で、何で、何で」

童子は今にも発狂してしまいそうだった。目をそらせどもそらせども、見知った顔の死骸がそこかしこに転がっているのだ。辺りにはなお逃げ惑う同族たちの阿鼻叫喚《あびきようかん》が響き渡っている。気が触れないはずがない。

されど童子の心は、辛くも現実に押し留められた。

「このクソガキ、よくも……ぎゃあああっ」

驚いたことに、悲鳴の主は、先ほど小屋に侵入してきた男たちだった。

童子は真っ青な顔で振り返る。

遠くの方で人影が戦っているのが見えた。侵入者たちを招き入れた張本人だ。

——何であいつが……。

その手には体の大きさにおよそ似つかわしくない刀が握られている。凄まじい力で地を蹴《け》り、刀を振るって次々に侵入者たちを斬《き》りつけていく。

ところがどうにも、様子がおかしかった。

「よせっ。俺たちの顔がわからないのかっ？」

「大変だ、長《おさ》を呼べっ」

その者が斬っていたのは侵入者だけではなかった。血縁がある同族までをも誰彼構わず斬り伏せる姿は、まるで血しぶきの中で踊り狂っているかのようだ。胸元には侵入者にやられたのだろうか、大きな傷口が開いていたが、痛みなど露《つゆ》とも感じていないらしい。

「皆、死んでしまえ。忌々しい者どもが。きゃは、きゃははは」

あの様相は明らかに、この惨状を楽しんでいる。常軌《じょうき》を逸した笑い声が童子の頭に甲高く響いた。

――鬼。

言いようのない恐怖が全身に染み渡っていく。これは本当にこの世の光景なのだろうか。今、自分がいるのは――地獄だ。

周囲の人間をあらかた斬り尽くした人影は、ふと、こちらに視線をくれた。べろりと舌舐《したな》めずりをする様はとても人間には見えなかった。

「あはっ。お前は、どんな風に殺されたい？」

そう鬼に問われても、童子は動けなかった。目をそらすこともできない。

「首を斬る？　それとも手足を一本ずつ？」

全身から血の気が引いていく。

――ああ、俺……ここで、殺されて、死ぬんだ。

兄のように。父のように。童子の喉は震えた。

「い、やだ。しに、たくな、い」

「死にたくない？」

鬼は素足でひた、ひたとこちらに向かって歩いてくる。胸から血を垂れ流し、返り血を浴びた顔中に、恍惚《こうこつ》とした笑みを広げながら。

「駄目。その答えが一番頭に来る」

刀を持つ腕が振り上げられた。

瞬間、二人の間に飛び出してくる者があった。

「やめてっ」

「お、お母ちゃ、ん……」

童子が見ている目の前で、母は肩を袈裟《けさ》切りに斬られていた。自分を庇《かば》って斬られたのだ。その事実を悟った途端、童子の顔が痛々しく歪んだ。

しかし母は倒れることなくその場に踏み留まった。背中には血まみれの刃が突き出ている。それでも母は鬼の手をぐっとつかみ、背後にいる息子へと声を振り絞った。

「逃げ、なさい。振り返らずに、早くっ」

童子は一歩、後ずさる。次の瞬間、刀が母の胴体を無情にも両断した。

もはや何も考えられなかった。童子は本能に従って駆けだした。同族の死骸を飛び越え、あるいは踏みつけ、脇目も振らずにひた走る。山の斜面を転がらんばかりに下りていく。母を斬り捨てた鬼は笑いながら後を追ってきた。笑い声が瞬く間に童子の背に迫ってくる。が、途中で何者かの邪魔が入ったらしく、そのうち気配が遠ざかっていった。

「――――」

おそらくは里の長が止めに入ったのだろう。童子には深く考える余裕などなかった。止まる選択肢とてない。ただひたすら、夜の山を無我夢中で駆け下りる。また自分を追ってくるかもしれない。今にもつかまってしまうかもしれない。そう思うと足を止めることができなかった。耳にこびりついた悲鳴。血の臭い。兄の死骸、父の死骸、斬り殺された母の最期――無残な光景が嵐のごとく頭に吹き荒れる。

――俺も、ああなってしまうかもしれない。

息継ぎすらろくにせず走った。肺が内側から爆《は》ぜてしまいそうだった。走って走って、足がもつれても走り続けた。

「うっ……ううぅっ」

この世には、神も仏もいやしないのだ。童子は自身でも気づかぬうちに泣いていた。涙に含まれていたのは恐怖と、絶望。今までの日常が二度と戻ってこないことを、童子は悟っていた。両親は死に、兄は死に、自分を守ってくれる者はもう誰ひとりとしていない。穏やかな故郷は、完全に壊されてしまった。
——あいつのせいだ。
涙に含まれていたのは、恐怖と絶望。そして、もう一つ——。
——あいつが、皆を殺したんだ。あいつがいたから……あいつさえいなければ……
全部、全部、あいつが。
殺してやる。いつか、必ず。
たとえ殺すことが叶わなくとも、未来永劫《みらいえいごう》、呪ってやる。
駆ける童子の眼《まなこ》からは、憤怒《ふんぬ》に染まった血の涙が流れていた。

一

――これは一体、どういうことだ。わっちは、夢の中にいるのか……？

目の前にある鏡台《きょうだい》をのぞきこんで、瑠璃《るり》は初めそう思った。急な高熱に浮かされたせいだろうと。体の負傷や気疲れが積もり積もった結果、おかしな夢を見ているのだろうと。でなければありえない。

かようなことが、い、い、い、現実に起こるわけがない。

――だってわっちは、二十六だぞ。ああそうだとも、わっちは大人。れっきとした、大人の女だ。

混乱した頭で己《おのれ》に何度も言い聞かせる。

しかしながら、夢は一向に覚めてくれなかった。

「瑠璃、さん」

夢にしては妙だった。

瑠璃は背後を振り返る。

「皆……」

瑠璃のまわりには男衆の姿があった。錠吉《じょうきち》、権三《ごんぞう》、双子の豊二郎《とよじろう》と栄二郎《えいじろう》が、一様に自分を凝視したまま固まっている。いつもは表情に乏《とぼ》しく冷静沈着な錠吉までもが「信じられない」といった顔で目を瞠《みは》り、絶句しているのだ。

男衆がそこにいるという気配、そして己の肌感覚は、夢と呼ぶにはあまりに生々しいものであった。

「まさか」

瑠璃は再び鏡に映った自分を見つめる。

——もしかして、夢、じゃない？

鏡の中にいたのは、二十六の女などではなかった。

「ぎ、ぎッ……」

五つかそこらの小さな童女が、今にも叫びだしそうな面持ちで、こちらを見つめ返していた。

「ヒイイ嫌アアアアアッ」

事は二十日ほど前に遡《さかのぼ》る――。

堀川上之町《ほりかわかみのちょう》にある一軒家は、その日も朝から騒がしい有り様《あさま》であった。すわ一大事、錯乱《さくらん》した鴉《からす》でもやってきたかと、裏庭の木に停まった小鳥たちが一斉に枝から飛び立っていく。

叫び声に次いで、階段を駆け下りる音がどたばたしたかと思うと、

「む、むむ虫、虫がわっちの枕元にぃッ」

ひとり朝餉《あさげ》を口に運んでいた栄二郎に向かい、瑠璃は寝起きの格好《かっこう》そのままであることも忘れてまくし立てた。

「助けろ栄ィィィ」

「ちょ、ちょっと瑠璃さん、前っ。見えちゃうじゃないか」

瑠璃の胸元に目をやるなり、栄二郎は真っ赤になって顔をそらす。

「何を今さら、吉原《よしわら》で散々見てただろうが」

「人を助平《すけべえ》みたいに言わないでよ……」

「んなこたどうでもいいから、虫ッ、どっかにやってくれえッ」

瑠璃は栄二郎の肩を片手でつかむやガクン、ガクンと前後に揺さぶる。それでも栄

二郎は頑《かたく》なに目をそらし続けた。

「この家は古いし隙間だらけだからね、虫の一匹や二匹くらいは我慢するしかないよ。それより、今日は瑠璃さんが厠《かわや》掃除の当番だったのに忘れちゃったの？」

「は、厠？」

「あんまりにも遅いから俺と兄さんで済ませちゃったよ。兄さん、すっごく怒ってたんだから。錠さんと権さんも〝昔を思い出すな〟って呆れてたし」

栄二郎は耳を赤くしたまま早口で言った。

怒り心頭の豊二郎、端整な面立ちをしかめる錠吉、そして苦笑いをする権三の顔が目に浮かぶようで、瑠璃は思わずうめいた。

四人の男衆はいずれも鬼退治組織「黒雲《こくうん》」の一員だ。

戦闘員の錠吉と権三。結界役の豊二郎と栄二郎。そして彼ら男衆を統率する頭領、瑠璃。かつて江戸で秘密裡に鬼退治の任務に当たっていた黒雲は、江戸城での平将門《たいらのまさかど》との決戦を終えて解体された。瑠璃は日ノ本を巡る旅の果てにここ、京《みやこ》の地へ。四人の男衆は江戸に留まり、黒雲の面々は、それぞれが違う道を進むこととなった。

ところが黒雲解体から六年後、瑠璃のいる京に「怪異《かいい》」が起きた。瑠璃の前世は龍神、蒼流《そうりゅう》。常に行動をともにする黒蛇、飛雷《ひらい》も龍神である。よって大抵の困難は一人でも特に支障なく乗り越えてこられたのだが、この怪異ではそうもいかなかった。

己一人ではとても対処しきれぬ事態に瑠璃は戸惑い、迷い抜いた末、かつての同志たちに助けを求めた。江戸から京に駆けつけた男衆は瑠璃の求めに応じ、ともに戦うことを誓った。黒雲は今ひとたびの結成を果たし、五人一丸となって京の怪異に立ち向かうことを決めたのである。

かくして男衆が京にやってきてから、およそひと月が経ったのだが——。

「って違う、厠掃除どころじゃないんだよっ。虫だぞ虫っ？　そうだ白《しろ》、あんにゃろうはどこだ？」

瑠璃は血走った目で周囲を見まわす。すると裏庭の方から、気怠《けだる》い返事が一つ上がった。

「んもう、うるさいですねえ。アタシならここにいますよう」

真っ白な雄猫が縁側に飛び乗り、瑠璃たちのいる居間へと歩いてきた。

緑と青の瞳。二本に裂けた尾——白は妖《あやかし》、猫又《ねこまた》である。

「てめえ白、何の嫌がらせだっ。またわっちの枕元に虫を置きやがっただろ」

「あ、気づきました？　近くを散歩してたらおっきな蟋蟀《こおろぎ》を見つけたんで、瑠璃さんにあげようと思いましてね。なかなかいいお土産だったでしょう？」

「ふっ、ふふふざけんな、ふざけんなァァァ」

それ以上は言葉にならず、わなわなと口を震わせる。瑠璃は幼い頃から虫が大の苦手なのだ。

「瑠璃さんおはようございまあすっ」

「ぬおっ、頭が爆発しているぞ瑠璃どの」

「花魁《おいらん》稼業を離れても寝坊助なのは変わんねえなあ？　かっかかっ」

白に続いて三つ、裏庭から愉快《ゆかい》げな声が上がる。

かねてから瑠璃とともに京で生活していた信楽焼《しがらきやき》の付喪神《つくもがみ》、お恋《れん》。そして狛犬《こまいぬ》の付喪神であるこまと、全身が骨の髑髏《がしやどくろ》、がしゃであった。

「二日酔いかあ瑠璃？　えらく顔がむくんでっぞ。パンッパンだ」

「えっ？　ああ本当だ、久しぶりに油坊《あぶらぼう》の酒をしこたま飲んだから……ってこの失礼髑髏、女に向かってむくんでるはねえだろ。ぶっ飛ばされてえか」

「ひぇーっ。お頭《かしら》サマは相変わらずおっとろしいぜィ」

がしゃのおどけた声を受け、妖たちはけらけらと笑う。

果たして、江戸からやってきたのは四人の男衆だけではなかったのだ。

瑠璃が吉原にいた頃からの馴染《なじ》みである妖たち――彼らは黒雲が解体された後、錠吉が住職を務める慈鏡寺《じきょうじ》を塒《ねぐら》にしていたそうだ。しかし男衆が窮地《きゅうち》に陥《おちい》った瑠璃を助けるべく京に向かうと知るや、妖たちは自分らも同行したいと息巻いた。

さりとてこの要望を聞いた錠吉は当然ながら承諾しなかった。一日でも早く京に着かねばならぬ緊急事態に、勝手気ままな妖たちを引率している余裕などあるはずもない。第一、遊びで京に行くわけではないのだ。妖の中には特殊な能力を持つ者もいたが、だからといって戦いに巻きこむことはできまい。

こう説諭《せつゆ》された妖たちは渋々ながらに江戸に残った。が、人間でさえ「駄目」と禁じられれば余計に我を押し通したくなるもの。いわんや妖をや、である。

結局、妖たちは錠吉の言いつけをあっさり破り、男衆の背を追う形で遅れて京に到着したのであった。

「そうだ瑠璃さん、今日はお出かけしないんですか？」

白とがしゃは一体どこから拝借してきたのだろう、京の名勝地が載《の》った図会《ずえ》をいそいそと畳の上に広げだした。どうやら瑠璃の怒りなどお構いなしのようだ。

「アタシ前々から渡月橋《とげつきょう》に行ってみたいと思ってたんですよねェ。川魚が美味しそうだし、いい感じのお店に連れてってくださいよ。あとはこの梅宮大社《うめのみや》とか、称念寺《しょうねんじ》ってとことか」

「俺は八《や》ツ橋《はし》とやらを食ってみてえな。水仙粽《すいせんちまき》に唐板《からいた》、長五郎餅《ちょうごろうもち》ってやつも気にならあ。よう瑠璃、お前は全部食ったことあんのか？」

「……うん、わかった。完全に物見遊山《ものみゆさん》の気分でいやがるなお前ら」

わくわくした様子で述べ立てる白とがしゃに対し、瑠璃はがっくりと肩を落とす。

彼ら妖たちと京で再会することになろうとはむろん想像だにしていなかった。自分よりも要領よく旅路を進んで来たと聞いて内心、舌を巻いたくらいである。

とはいえ先だって錠吉が諭《さと》したように、今は京の風雅を満喫している場合ではない。瑠璃は「江戸へ引き返せ」と口酸っぱく告げたのだが、

——やっぱ無理だ。こいつらが人の言うことを聞くはずねえもの。

はあ、と深いため息が漏れ出た。凄《すご》んでみようが脅してみようが右から左。妖たちの頭は京のどこへ行き、何を食べるかでいっぱいになっているのだった。

息を吐いたと同時に、ずき、と背中に負った傷が疼《うず》いた。先の戦いで負った傷だ。

瑠璃は微《かす》かに顔を歪める。

——ちっ、まだ治らないのか。厄介な傷だ……。

「まあまあ皆さん、そんなに焦らなくっても京は逃げませんよ？」

片やお恋は他の妖に向かって得意げに腹を打っていた。

「よければ私が京の地を案内しましょうっ。何せ半年以上もここで過ごしてますから、下手したら方向音痴の瑠璃さんより土地鑑があるかもしれませんよ、うふふ」

「……ああ、そうだな。そうだろうともお恋」

と、がしゃが何やら皮肉めいた声色をした。髑髏の隣では白も非難の目でお恋を見据えている。

「何たって半年前、俺たちに抜け駆けしてまで瑠璃についてったくらいだからなァ？」

「ええ、さぞや京通になったことでしょうねェ？」

「うっ。そ、それは」

得意満面な気配はどこへやら、狸はたちまち威勢を失くしていった。それもそのはず、お恋は瑠璃と離れ離れになりたくないばかりに、他の妖への相談もなしに江戸を後にしたのだ。置いてきぼりを食った妖たちが恨み節を利かせるのも当然だろう。

「お恋どの……拙者《せっしゃ》、哀しかったのだ」

そう言って、こまがしゅんと尻尾を垂れた。

「まさか拙者にも何も言わず旅立ってしまうなんて、思ってもみなかったから。拙者とお恋どのは親友だと思っていたのに。そう思っていたのは拙者だけだったのかな」

「ぐうっ」

とりわけ仲のよい狛犬から涙声で言われ、狸はさらに慌てふためいた。おろおろと目を泳がせる様から察するに、妖も罪悪感というものを覚えるらしい。

「ご、ごめんなさいっ。お詫《わ》びに皆さんを百鬼夜行《ひやっきやこう》に連れていきますから、それで許してっ」

「ひゃっき……？　って何なのだ？」

「この端がある一条通《いちじょうどおり》で月に一度、妖のお祭り騒ぎがあるんです。一条通から出発して京の町々を練り歩いて、最後にはまた一条通に戻って大宴会を催すんですよ。文月《ふみづき》は晦日《みそか》に百鬼夜行をやることになってまして、京の妖さんたちがたくさん集まりますから、大勢で飲んで歌って踊って、きっと楽しめるはずですから、だからそんな目で見ないでえッ」

必死に言い募るお恋。未《いま》だご機嫌斜めなその他一同。彼らのやり取りを傍《はた》から見つめていた瑠璃は、ふと気がついた。

「あれ？　そういや他の妖どもは？」

「露葉《つゆは》と油坊、それに長助《ちょうすけ》は昨晩から京の酒処めぐりだよ」

昼までには戻るんじゃないかな、と栄二郎が味噌汁をすすりながら答える。

「あの三人は妖の中でも特に酒豪だからね。きっと今も梯子酒《はしござけ》を楽しんでるんだと思うよ。こうなったらもうお手上げさ」

栄二郎は半ば疲れた面持ちで椀を置く。男衆も瑠璃と同様、妖たちの自由っぷりを止める手立てはなかろうともはや諦めをつけているのだった。

「じゃあ錠さんたちは？」

「皆も出かけちゃったよ」

「ええ、早……」

「瑠璃さんもそろそろ身支度してきたら？　その間に朝餉をよそっといてあげるからさ」

ぽりぽりと胸元を掻きつつ、瑠璃は膳を上からのぞきこむ。

料理人である権三と豊二郎がこしらえた朝餉は滋味にあふれ、食欲をそそる香りを漂わせていた。つやつやと輝く粒立った白飯に、京ならではの上品な出汁《だし》を使った出汁巻き卵。あらめと油揚げの煮物。味噌汁の中に浮かぶ具は、小松菜かほうれん草だろうか。

「ああこれね、すぐき菜っていうんだって」

視線に気づいた栄二郎がにこやかに言う。

「権さんが近所の八百屋から特別に分けてもらったらしいよ」

「へえ、すぐき菜って高級品じゃなかったっけ？」

公家《くげ》や武家への贈答品として知られるすぐき菜は庶民がなかなか口にできない代物だ。聞けば権三はこの埘に越してからのたった数日で、貴重なすぐき菜を分けてもらうほど八百屋と懇意になったらしい。

瑠璃はいたく感心した。

「京の人間は余所者《よそもの》がめっぽう嫌いだってのに、さすが権さんはすぐ仲良くなっちまうんだなあ。特に江戸モンは何でか目の敵《かたき》にされちまうんだよ？　わっちも半年かけてやっと慣れてきたくらいでさぁ……」

「そこは何と言っても権さんだからね。前々から京野菜に興味があったとかで色々と尋ねているうちに、少しだけ心を開いてもらえたんだって」

本人はそう謙遜していたというが、おそらくは料理への探求心よりも、彼自身の人となりが京びとの信用を得るのだろう。余所者を寄せつけまいとする頑丈な壁すらも柔らかく溶かしてしまう。それが権三という男であった。

そんなに大層なことじゃありやせんよ、と大柄な体で微笑む権三を想像し、瑠璃も自然と笑みを浮かべた。

朝餉を終え、新調したばかりの煙管《キセル》に刻み煙草《たばこ》を詰める。

以前は金がないばかりに大好きな煙草を買うことすらままならなかったが、慈鏡寺に預けていた金子《きんす》を錠吉が持ってきてくれたことで、久方ぶりに煙草の芳醇《ほうじゅん》な味わいを楽しめるようになった。もっとも、従前の金遣いの荒さをくどくどと咎《とが》められた挙げ句、金は小遣い制になってしまったのだが。

「ふわぁ。極楽、極楽」

豊かな香りが肺の中を緩やかに満たし、鼻へと抜けていく。心落ち着くひと時だ。

天井を見ながらしばらし紫煙《しえん》をくゆらせていると、

「ねえ瑠璃さん、昨日は祇園社《ぎおんしゃ》に行ったんでしょ？」

他の男衆と同じく出かけようとしているのだろう、栄二郎が羽織《はおり》に腕を通しながら神妙な顔で尋ねてきた。

「ああ、敵さんの手がかりが何か残っているかもと思ってな。けれどやっぱり、何も残っちゃいなかった」

「立つ鳥跡を濁さず、ってわけだね」

「けっ。まったく食えねえ鳥どもさ、夢幻衆《むげんしゅう》ってのは」

宙に向かって煙を吐き出しながら、瑠璃の表情は次第に硬くなっていった。

京に異変が起きたのは、去る祇園社の祭礼日。

神輿《みこし》洗《あら》いの神事が行われるさなか突如として、空から四体もの異形が落ちてきた。

京の東西南北に降り立った異形——裏四神《うらしじん》と呼ばれるこれらは、妖と鬼が融合した「妖鬼《ようき》」であった。瑠璃たち五人は内の一体、祇園社に現れた裏青龍《せいりゅう》を辛くも退治し、そして図《はか》らずも妖鬼を操る者たちと対面することになった。

夢幻衆。

妖鬼を操る者たちは自らをこう称した。体格から鑑《かんが》みるに女二人に男二人で構成される、陰陽師《おんみようじ》の集団だ。

いわく、裏四神は夢幻衆が手ずから生み出した妖鬼だという。すなわち妖と鬼を捕らえ、それぞれの体を切断し、無理やり繋ぎあわせたのが妖鬼なる者の正体だったのだ。妖と鬼の意思をまるで無視した所業であることは、言うに及ばない。

妖鬼を作った目的は何なのか。

眼光鋭く問うた瑠璃に対し、夢幻衆はこのように答えた。

永遠の命、不死を得るためであると——。

「裏四神はあと三体。西の裏白虎《びゃっこ》、南の裏朱雀《すざく》に、北の裏玄武《げんぶ》だ。当面はこの三体の退治に注力することになるだろう。残念だが裏四神はすでに完成されちまってるみたいだからな……囚《とら》われた鬼と妖の魂を、少しでも早く解放してやらねえと」

確認するように言いながら、瑠璃はしかし、眉を曇らせた。

――裏四神さえ退治すれば万事解決、なんて単純な話じゃなさそうだがな。

元凶である夢幻衆の目論見《もくろみ》すべてを暴かない限り、この怪異は終わらない。そう、己の勘が告げていた。

底が知れない。夢幻衆と言葉を交わした感想はこれに尽きる。彼らについて現状わかっているのは人数と目的だけだ。いかにして不死を実現しようとしているのか。夢幻衆が講じているであろう、計画の全容――それを知らぬまま動けば向こうの思う壺《つぼ》になるだろう。夢幻衆も黒雲の存在を認識し、少なからず敵視している様子だったからだ。しかしながら現実、彼らに迫る手がかりはなきに等しい。

否《いな》、一つだけ手がかりがあった。

――麗《うらら》。

瑠璃の脳裏に、幼い童女の姿が浮かぶ。

麗は夢幻衆の一角を担《にな》い、瑠璃が苦戦を強《し》いられたあの裏青龍を操る子どもであった。普段は鴨川《かもがわ》のほとりに暮らし、いわゆる下層民として低い身分に甘んじているらしかったが、ひょっとしたらあそこに住む者たちはみな夢幻衆と関わりがあるのだろうか。

「瑠璃さん。あの子のことが気になってるんでしょ」

栄二郎に心の内を読まれ、瑠璃は顔を上げた。

「……ああ」

「やっぱりそっか。祇園社で麗ちゃんを見つけてから、瑠璃さんずっとそわそわしてたもんね」

麗のことが気がかりなのは、何も夢幻衆の一員として警戒しているからではない。瑠璃たちは麗の額《ひたい》に「鬼の角」を見たのだ。鬼特有の怨念こそ感じられなかったものの、彼女が普通の人間でないことはほぼ間違いないだろう。

元よりあのように年端もいかぬ童女がなぜ不死を望むのか、瑠璃は疑問を抱かずにはいられなかった。他の夢幻衆と一致団結しているのかと思いきやそうでもない。麗以外の三人は彼女を人質にすることも厭《いと》わぬ様子であり、とても仲間意識を持っているようには見えなかった。

だとしたら、麗は何ゆえ夢幻衆にいるのだろう。

少女の暗い目がこんなにも頭から離れないのは、なぜだろう。

――最初は昔のわっちを見てるみたいだと思ったけど……でも、どこか違ってた。

祇園社で気を失った麗から、瑠璃は「怒り」の気配を感じ取っていた。

――あれは何だったんだ？　初めて会った時は無感情にしか見えなかったのに。それに麗の顔、やっぱりどこかで見た気がするんだけど……。

吉原にいた頃か、はたまた木挽町《こびきちょう》にいた頃か。いくら考えても麗のような童女と出会った記憶はなかった。きっと気のせいだろう、と瑠璃は己に言い聞かせる。何せ半年前に京へ来るまでずっと、自分は江戸にいたのだ。京にいた麗と会っているはずがない。そう考え直すも、頭の片隅で記憶が疼くような感覚は、なくなることがなかった。

「そういえば権さんが言ってたよ」

財布を懐に入れながら栄二郎は振り返る。

「麗ちゃんは夢幻衆だけど、他の三人とは別だと思って接した方がいいって。あんな小さい子を攻撃する気にはなれないもんね。あと、あの子は他の夢幻衆に強要されて妖鬼を操ってたのかもしれない、ってさ」

「おそらく当たってるだろうな。しかし権さんがそんなことを？」

「うん。権さんも、瑠璃さんと同じくらいあの子のことが気になってるみたいで」

権三の考えを察した瑠璃は、重い気分で目を伏せた。

「そうか。そりゃまあ、当然、だよな」

なぜなら権三は麗と同じ年頃の娘を——咲良《さくら》というたった一人の愛娘を、江戸での戦いで喪《うしな》っているからだ。

権三はきっと、麗と咲良を重ねて見ているのに違いない。

同志の過去に思いを馳せて、瑠璃は煙管を携帯用の筒に仕舞いこんだ。

——よし。麗のことも少し探ってみるか。

祇園社での戦い以後、黒雲の五人は新たな拠点を探したり入り用なものを揃《そろ》えたりと雑事に追われていたため、腰を据えて問題に取り組むことができないでいた。

だが新生活の基盤は今や万全に整った。そろそろ行動を再開する頃合いであろう。

「夢幻衆どもの思いどおりには絶対にさせねえ。疑問は山とあるが、今できることから一つずつ、手分けしてやっていこう」

第一に知るべきは、敵方の思い描いている絵図。

つまり不死を実現する計画の全容だ。

「うんっ。俺も気合いを入れ直すよ」

瑠璃の弁に栄二郎も力強く首肯《しゅこう》する。と、何やら妙案を思いついたのか青年の目がきらりと光った。

「あのさ、瑠璃さん。その頰はまたも桃色に染まっている。

「あのさ、瑠璃さん。今日はどこか行く予定あるんだっけ?」

「予定というほどのモンはないけど」

「じゃ、じゃあさ、よかったら調べ物をしがてら、俺と一緒に京を――」

栄二郎が言いかけた、その時。

「ごめんくださァい」

「瑠璃はん、おる？」

外から訪《おとな》いを入れる声が二つした。この声は、誰何《すいか》するまでもない。

瑠璃はすぐさま中座して玄関に向かう。この時、栄二郎の顔色がさっと変わったことには、寸分たりとも気づいていなかった。

「ああ瑠璃さん、いてはりましたか。よかったよかった」

玄関の向こうに立っていたのは閑馬《しづま》であった。彼の隣には金色《こんじき》の長髪をおろした一人の青年。が、青年は瑠璃の顔を見るなりポンと軽い音をさせて一匹の狐になった。

彼は宗旦《そうたん》という名の妖狐《ようこ》である。

「見て、瑠璃はん。おいら四つ足で走れるようになったんやよ」

言うと宗旦は元気いっぱいに辺りを駆けまわってみせる。心ない人間によって左の前足を奪われた宗旦は、ひょんなことから瑠璃と出会い、再び人間を信じられるようになった。そして人形師である閑馬の協力もあり、新しい足を手に入れたのだった。木と皮革を組みあわせて作られた義足は、さすが器用な閑馬の作だ。

「すごいじゃないか宗旦。木の足もだいぶ馴染んだみたいで安心したよ」

「うん。瑠璃はんとお恋はん、それに閑馬先生のおかげや」

「そこまで喜んでもらえるとこっちも嬉しいわ。人形作りの技術がこんなことに活かせるとは思ってへんかったからなァ」

例のごとく甚平《じんべえ》姿に手ぬぐいで頭を覆った閑馬は照れ笑いをしている。彼は医者や学者の類《たぐい》ではないが、周囲から親しみをこめて「先生」と呼ばれているのだった。

「閑馬先生、ここに来るまで何ともなかったか?」

「ええ、誰にも尾《つ》けられてまへん。うちの近くで感じた怪しい気配も、今じゃぱったりなくなってますし」

ならよかった、と瑠璃は胸を撫で下ろした。

宗旦との出会いも然《しか》り、巡りあわせというのは不思議なものだ。昨年の冬、伏見宿《ふしみじゆく》で閑馬に拾ってもらえなくば、自分はきっとあのまま空腹で野垂れ死んでいたことだろう。

京の世情に疎《うと》い瑠璃たち黒雲にとって、閑馬は心強い協力者である。堀川沿いのこの地に拠点を構えられたのも彼の助けがあったからだった。

二階建ての借家は床が傷んでひどく軋《きし》み、見ようによっては幽霊屋敷のごとき雰囲気だが、店賃《たなちん》が安く、五人と妖たちが一緒に住むにも十分な広さであった。男四人は一階の居間と奥の間を開け放して寝所にし、瑠璃は妖たちとともに二階を寝間にしている。

この地が黒雲の塒としてうってつけなのは他にも理由がある。家の前には堀川が流れ、涼しげな川の音色が常に聞こえてくる。極めて風情ある場所なのだが、一方、すぐそばにある一条戻橋《いちじょうもどりばし》には恐ろしげな伝承がいくつかあった。ことに有名なのは鬼や妖など、いわゆる魔の類が橋の下に潜んでいるというものだ。

この言い伝えが人々にそこはかとない恐怖を与えるのだろう、瑠璃たちの暮らす一軒家の近くは空き家だらけでほとんど誰も寄りつかない。黒雲にしてみればひっそりと塒を構え、今後の作戦を立てるにふさわしい場所と言えた。

「ねえ瑠璃はん、お恋はんと飛雷はんはどこにおるん？」

「お恋なら二階で他の妖と遊んでるよ。飛雷は隅っこで寝てるんじゃないかな。お前も行っておいで」

「他の妖……かあ」

瑠璃に促された宗旦は一瞬ためらいを見せた。活発な妖には珍しく、宗旦は引っ込み思案なのだ。だが友であるお恋がいるならと、やがて居間にある階段をおそるおそる上がっていく。

程なくして二階から、妖たちがやんやと宗旦を歓迎する声がした。

——宗旦があいつらと馴染むのも時間の問題だろうな。

くすりと笑みをこぼしながら瑠璃は居間へ戻り、閑馬に座布団を用意する。

瑠璃と過ごした半年の間に鬼退治の何たるかを心得、協力を買って出てくれた閑馬は目下、人形師の仕事をしつつ新たな情報集めに奔走している。裏四神にされた妖が元々どこに棲息《せいそく》していたのか、いかなる伝承があるかを調べているのだ。どんな妖か知れれば転じて弱点を探る手がかりとなる。裏青龍との戦いにおいて伝承はさしたる助けにならず終わったものの、やはり少しでも情報は多いに越したことはなかろうというのが閑馬を含む黒雲の総意だ。

体力がからきしのため戦闘員にはとんと不向きだが、閑馬の「鬼を救いたい」という気持ちは、瑠璃たちに勝るとも劣らなかった。男衆も彼の心映えに触れてすぐに打ち解けることができた。

もっとも、ただ一人を除いて、だが――。

「やあ、栄二郎さんもおいでどしたか。おはようございます」

「……どうも」

「あはは。何だ栄、その顔？　豊みたいな仏頂面しちゃってさ」

「こうして見ると栄二郎さんと豊二郎さん、ホンマにそっくりどすな。って双子やさけ当たり前か」

笑い声を立てる瑠璃と閑馬に対し、栄二郎は苛々とした面持ちを隠さなかった。

――ん、栄？　何か、いつもと違うような……。

つい先ほどまで人懐っこい笑顔だったというのに、今はさながら気の立った猫ではないか。

違和感を覚えていると、栄二郎は閑馬に向かって慇懃《いんぎん》に辞儀《じぎ》をした。

「その節は誠にありがとうございました。おかげさまでこのとおり、拠点らしい体裁を整えることができました。改めて感謝を申し上げます」

「へっ？　いやそんな、俺のしたことなんて大したことやあらへんし」

「時探しもさることながら、あなたには本当に頭が上がりません。何しろ朝が弱くてずぼらで生活力の欠片《かけら》もない瑠璃さんの面倒を、半年も見ていただいたのですから」

「おい」

「お独りの身では、さぞかし大変だったでしょう」

ひどい言い草じゃないか、と抗議しかけていた瑠璃は声を引っこめた。

「……」

栄二郎の眼差しに、威嚇《いかく》に似た険《けん》を感じ取ったのだ。彼がこれほど堅苦しく、よそよそしい物言いをするのは初めてではなかろうか。

——え、何この感じ。すっげえ気まずいんだけど。

「それで、閑馬さん。今日は何用でここに？」

片や閑馬は栄二郎の発する気に何ら気づいていないらしく、手にしていた風呂敷を瑠璃に向かって差し出した。

「これ、鬼退治の時に着けとった帯。うちに忘れていかはったでしょ？　あとこれも、うちのご近所さんから州浜《すはま》をもろたんでお裾分けですわ。皆さんでどうぞ」

「わ、悪いね閑馬先生。妖たちも喜ぶよ。そうだっ、すぐに茶を用意するから待っててくれ」

居心地の悪さに耐えかねた瑠璃はこれ幸いとばかり立ち上がった。走り庭に設《しつら》えられた台所に行き、鉄瓶に湯を沸かす。その間に閑馬はあれこれと栄二郎に話しかけていたが、栄二郎の反応は一貫して冷ややかだった。

——信じらんねえ、何だってあんな楽しそうに話せるんだ？　閑馬先生って怖がりなくせに意外と図太いっていうか心の臓が強いっていうか……。それにしても栄の奴、一体どうしちまったんだろう。

そうこうしているうちに湯が沸いた。瑠璃は片手で湯呑に茶を淹《い》れる。昔は片腕のみの生活に慣れず、竈《かまど》に火をつける作業すら何度も失敗してしまったが、今ではお手の物だ。

と、思っていたのだが。

湯呑を盆に載せると満面の笑みを作って閑馬に歩み寄る。

「見てくれ閑馬先生、茶柱が立ったぞ」

しかし場の空気を変えることに必死で、足元への注意が散漫になっていた。

「うおあッ」

居間に上がる段差につまずき、盆はあえなく瑠璃の手を離れた。

宙を舞う湯呑から淹れたての茶が放物線を描いて閑馬に迫る。

栄二郎があんぐりと口を開けて見守る中、熱々の茶は見事、閑馬の頭にかかった。

「あっ……」

一時、微妙な沈黙が流れた。閑馬は笑顔のまま固まっている。

やがて垂れ気味の奥二重が段々と吊り上がっていったかと思うと、

「だああ熱っちゃあああッ」

「いや鈍《にぶ》っ——じゃなくて、ごめんよ先生っ」

瑠璃は大慌てで台所に取って返す。

「たた、大変だ、冷やすもの、冷やすものっ」

目についた布切れを甕《かめ》の水に浸すが早いか、閑馬の顔面に向かって投げつける。

べちゃ、と音がして閑馬の頭から灰色の水滴が滴《したた》った。

「痛むか？　痕《あと》にならなきゃいいんだが、って臭《くさ》っ。これ雑巾じゃねえかっ」

「は、は……俺なら平気どっせ、ええ……」

哀れなるかな、閑馬は自らの手ぬぐいで黙って顔を拭く。穏やかな気質の男ではあるがとんだ災難にあったものだからさすがに動揺しているらしい。栄二郎はといえば「綺麗好きの錠さんに見つかったら何て言われるか」などとぼやきつつ、茶のぶちまけられた畳を掃除し始める。

新たに湯を沸かしながら瑠璃は台所でしょんぼり首を垂れた。自分は未だに、もてなしの茶すら満足に出せないのだろうか。

「あの、瑠璃さん」

と、声をかけた閑馬がそのまま台所に下りてきた。熱い茶を浴びた肌はうっすら赤いが、瑠璃の応急処置が奏功したようで痕にはならなそうだ。

「本当にごめんな、先生」

閑馬は空笑いをしつつ首を振った。

「そう気にせんといてください。瑠璃さんやお恋、飛雷と一緒に暮らしてた頃の賑やかさを思い出して、なんや胸が温かァなりましたわ。今は今で宗旦と面白おかしく過ごしてますけどね」

瑠璃たちが出ていくのと入れ替わりで閑馬の家には妖力を持つ宗旦が住みこみ、もしもの時に備え彼の護衛役を務めることとなった。夢幻衆が閑馬にも目をつけている可能性があるためだ。護衛役は宗旦が自ら閑馬への恩返しとして買って出たことだが、妖狐は瑠璃やお恋とは違って比較的、大人しい性分である。閑馬の家が一気に静かになったことは想像に難くない。

「先生の家からここまではそんなに離れてないし、何かあったらすぐ来てくれよ。何もなくても先生ならいつだって大歓迎だ。わっちもちょくちょくそっちに行くから」

閑馬は気丈に笑っていたが、反面、寂しさは隠しおおせていなかった。

「……あの州浜な、瑠璃さん。甚太《じんた》の両親からもろたんです」

予期していなかった話に、瑠璃は思わず俯《うつむ》いた。

「こない仰山《ぎょうさん》食べられへんて言うても、もらってくれの一点張りで。何でも州浜は、甚太の好物やったそうどすわ」

苦しい闘病の末に力尽き、鬼となった挙げ句、裏青龍に食われてしまった童子。そして彼の両親のことを思うと、瑠璃の胸はしくしくと痛んだ。

「や、すんまへん。暗い気分にさせるつもりはなかったんですが」

「いいんだ。教えてくれてありがとう。州浜、大事に食べさせてもらうよ」

「ええ……それはそうと、傷の具合はどないどすか?」

閑馬は伏し目がちに瑠璃の背を見やる。

裏青龍との戦いで負った傷は思いのほか深く、まだ完治には程遠かった。妖の中には薬の知恵を持つ者がおり、膏薬《こうやく》や丸薬を調合してもらってはいるのだが、なおも傷の痛みは消えてくれない。

こう答えると、

「実はね、甚太の母親に聞かれたんですよ。一緒に住んどったお嬢さんはどないしはったんどすか、と」

おそらく甚太から瑠璃の話を聞き及んでいたのだろう。

「黒雲のことを話すのもどうかと思ったさけ、瑠璃さんは体の具合が悪うて他の場所で養生しとるんやて言うたんです。そしたら〝ええお医者さまを紹介しまひょか〟と返ってきましてね」

「医者？」

「はい、甚太を診《み》とったお医者らしくって。俺とは違ってホンマもんの〝先生〟ですよ。巷《ちまた》じゃ名医と評判やとかで、どうどす、瑠璃さんも一度診てもらっては？」

閑馬は懐を探ると一通の文《ふみ》を取り出した。「うちの子と仲よくしてもろたお礼に」と甚太の母が一筆したためてくれた紹介状で、これを持っていけばすぐに診察してもらえるとのことだ。

通常なら医者は自宅から薬箱を抱えて患者のもとへ向かうのだが、くだんの医者は患者をあまりに多く抱えているため、患者の方から診療所に出向くのが常となっているらしい。無闇に他人を塒へ招きたくない瑠璃にとってはむしろ好都合である。

――我が子を亡くして間もないのに、わっちを案じてくれるなんて。

ありがたさと申し訳なさを感じながらも紹介状を受け取る。途端、閑馬が「ああっ」と声を上げたものだから瑠璃はびくついた。

「何だよ先生？」

「あかんあかん、大事なことを言い忘れとった。真偽はまだわからへんのですが、ここ最近、京で新たな鬼が出没したっちゅう噂が立っとるんです」

新たな鬼。

瑠璃の瞳に物々しい光が宿った。

閑馬が今日ここに来た一番の理由はこれだったのだ。京に知り合いが多い彼には裏四神の情報に限らず、鬼の情報も知らせてもらうよう頼んであった。

――通常の鬼退治も待ったなし、か。

「場所は？」

「伏見の辺りだそうで。けど聞く人によって男やとか婆さんやとか、情報がいまいち曖昧《あいまい》でして、詳しいことはまだ何とも」

「伏見。洛南《らくなん》だな」

こうなれば少しでも早く傷を治さねばなるまい。

「わかった、こっちでも仔細《しさい》を調べてみ――」

と、しかめっ面から一転、瑠璃はハッと息を詰めた。閑馬が食い入るように自分を見つめているのに気がついたのだ。

「瑠璃さん。余計なお世話かもしれんけど、せめて傷が癒《い》えるまでは無茶せんといてくださいね。鬼のこととなるとすぐ無理をしてまうんは瑠璃さんの悪い癖や。たまには自分のことも労《いた》わらな……よろしおすか？」

熱っぽい眼差しにたじろぎながら、瑠璃は黙って頷く。

と同時に、視線を感じて振り返る。

青年がもの問いたげな目でこちらを見ていた。

「どっ、どうかしたか、栄？」

「別に。何でもないよ」

「…………」

瑠璃、閑馬、栄二郎。

三人の間をそれぞれ、もわ、と残暑の熱気が吹き抜けていった。

二

まずは裏四神、および夢幻衆について、各自で情報収集をするべし——。

そう前もって取り決めていた黒雲であったが、その実、権三と豊二郎は京の食巡りへ、錠吉は師である安徳《あんとく》に会うべく東寺《とうじ》へ、とてんでに塒を出ていったそうだ。

どうも京の空気に触れて旅心地になっているのは、男衆も同じだったらしい。栄二郎もあの後、寺社仏閣に施された水墨画や装飾を見に行くと言って一人でさっさと出かけてしまった。

——あの四人、本当に情報集めをしてるんだろうな？　疑ってるわけじゃないけど、何だかなあ。

ぽつねんと残された瑠璃はやむなく妖たちを引き連れ、閑馬が教えてくれた診療所へ向かうことにした。留守番をするよりはと妖たちはこぞってついてきた。もっともお恋、こま、がしゃ、そして白は、いつの間にやらどこかへ遊びに行ってしまったのだが――酒や祭など興味を引くものがない限り、妖たちをひと塊《かたまり》で行動させるのは龍神の生まれ変わりである瑠璃でも至難の業なのだ。

「つたくどいつもこいつも……」

瑠璃はため息をつきつつ空を振り仰ぐ。長く戦いの空気から離れていると、緊張感というものがなくなってしまうのだろうか。

否。一人だけ、違った意味で緊張感を滲《にじ》ませている者がいた。

栄二郎だ。

――ねえ瑠璃さん。あの閑馬って人と、どういう関係なの。あの人どう見ても瑠璃さんに気があるよね？　いくら何でも気づいてるでしょ？　おまけにあの人、どことなく雰囲気が忠以公《ただざね》に似てるし……。

閑馬が帰った後、青年は「閑馬と半年も一緒に過ごしていて本当に何もなかったのか」「実際のところ閑馬のことをどう思っているのか」と常ならず詰問口調で瑠璃に迫った。単に居《い》候《そうろう》させてもらっていただけ、勘ぐるような仲ではない、とどれだけ説明しても納得していないらしく、ついにはふてくされた顔で塒を後にしていった。

「瑠璃さんって西の男が好きなんだね」、と小さく言い残して。

――まさか栄二郎の奴……いや、やっぱりそんなわけない、よな？

北に向かって歩きながら、瑠璃は心の中で自問自答する。

すると突然、

「恋、のう。いやはや人間の感情というのは我にはさっぱりわからんわい。そんなものが果たして腹の足しになるのか？」

腰帯に擬態した黒蛇、飛雷がまたも勝手に瑠璃の心を読み取った。飛雷と瑠璃の魂は密に繋がっており、隠し事をしたくともできないのだ。

「あらなあに、恋の話かえ？」

次いで、横を歩いていた美女が水を得た魚のごとく声を弾ませた。

名は露葉。茶色がかった髪をゆるりと胸元で束ね、控えめな紫陽花《あじさい》の単衣《ひとえ》が麗《うるわ》しい女子《おなご》だ。見た目こそ瑠璃と同年代なものの、彼女の正体は数百年もの時を生きる妖、山姥《やまんば》である。

「うーん、恋かあ。ねえ油坊、恋をすると何かいいことがあるのかな？」

小さな体に大きな頭。頬かむりをした袖引き小僧の長助が問いを投げる。

「さあな。俺やお前には無縁のものなんだろうということだけはわかるが」

精悍《せいかん》な面差しに山伏の出で立ちをした油すまし、油坊は肩をすくめた。

妖の中には人間のように恋をする者もいれば、まるで興味がない者もおり、と捉え方が極端に異なっている。長助や油坊は後者、露葉は明らかに前者であった。

詳しく教えろとせがむ露葉に言いよどんでいると、黒蛇が先んじて答えた。

「栄二郎の奴が未だに瑠璃を好いておるかも、という話じゃ」

「飛雷、少し黙っ――」

「んまァァ瑠璃ったら、年下の男を惚《ほ》れさせるなんて隅に置けないじゃないかっ。これはいい酒の肴《さかな》になるわねえ。想像が膨《ふく》らんじゃうわあ」

露葉はバシバシと瑠璃の肩を叩き、いかにも楽しげな様子である。一方で違うと反論するのも億劫《おっくう》になった瑠璃は嘆息した。

「そう。栄二郎が瑠璃をねえ……」

直後、山姥の口から飛び出したのは思いがけぬ発言だった。

「その予想、当たってるかもしれないよ？」

勢いよく顔を上げて見れば、露葉は訳知り顔で笑っていた。

「だって栄二郎、鳥文斎《ちょうぶんさい》先生からお見合い話を勧められても全部断ってたんだから」

「何、そうなのか？」

これは初耳であった。

「大店《おおだな》の娘に、名のある旗本《はたもと》の娘。栄二郎って顔は童顔のまんまだけど体は立派な男だからね、しかも物柔らかな性格ときたモンだからいきおい女子に人気みたいで。一時期は縁談の話がひっきりなしに舞いこんでたのよ？　けれど、どんな良家の娘でも、どんな美人であっても、栄二郎は絶対に首を縦に振ろうとしなかった」

何でかわかるね、と露葉は瑠璃の目をのぞきこむ。

瑠璃は身じろぐばかりだった。

江戸を去る前、栄二郎は瑠璃に「好きだ」と真っ向から告げた。されど瑠璃は酒井《さかい》忠以という想い人がいるために、栄二郎の気持ちを受け取ることはできなかった。栄二郎自身も瑠璃の胸中を察し、それ以上は言わなかった。

「瑠璃。あたしだって何も面白がって言うばかりじゃないんだよ。ただ栄二郎の気持ちって、今後のお前さんを支えるものになるんじゃないかしら。せっかちなお前さんとのんびりした栄二郎……なかなかどうして、ぴったりだとあたしは思うんだけどね」

露葉はそう言うと優しく微笑《ほほえ》んだ。

もしや栄二郎は本当に、自分を今なお想ってくれているのだろうか。あれから六年という時を経た、今でも――。

しかし瑠璃はかぶりを振った。

――いや。そんなことを考えるのは、自惚《うぬぼ》れ以外の何物でもない。

閑馬との仲を勘ぐっていたのは単に同志として心配したから。縁談を断ったのはきっと他に理由があったからなのだろう。

そう、胸の内で結論づけた時だ。

「ねえ瑠璃さあん。こっち来てみなよ、早くう」

「こいつは立派な沼だなあ」

先を歩いていた長助と油坊が早く、と瑠璃を急かした。

堀川上之町から北東へ半刻ほど歩き、一行が辿り着いたのは上賀茂《かみがも》だ。閑馬が言うにはここからもう少し進んだ先に、例の医者が診療所を構えているらしい。

長助が指差すのは大きな池であった。

深泥池《みどろがいけ》――「池」と称されてはいるが、その見た目は油坊が言うように「沼」とする方が正しいように思える。背後に小高い山を擁《よう》した深泥池は、それほど陰鬱《いんうつ》とした気を漂わせていた。

――何だか、嫌な感じだな……。まだ真っ昼間だってのに、ここだけ暗い。

周囲に生《お》い茂《しげ》る背の高い薄《すすき》や荻《おぎ》。一方で水中には生き物の気配が感じられない。川に繋がっていないためか閉ざされた水は濁り、水面には暗緑の藻《も》や水草が大量に浮かんでいた。池の中心に鎮座する苔《こけ》むした浮島《うきしま》は、まるで何かの塚のようだ。

不気味な場所だ。瑠璃はそう思った。

京には「あの世」と「この世」の境が点在している。京にまつわる伝承を調べる中で、瑠璃は深泥池に関するこんな謂《い》われを聞いたことがあった。

遠い昔、洛北に鬼が頻出《ひんしゅつ》しては人々を恐怖に陥《おとしい》れていた。鬼は貴船山《きぶねやま》にあるとされた「鬼国」にて身を潜め、夜な夜な地下を通っては、深泥池のほとりにある穴から地上へ這いずり出ていたという。だが京の民が鬼の忌避《きひ》する大豆、すなわち「魔滅《まめ》」を穴に投げこんだところ、出没はぱったりとやんだ。この謂われから深泥池もまた、彼岸《ひがん》と此岸《しがん》を隔《へだ》てる境界地の一つとして目されているのだった。

瑠璃は遠目から池の全景を眺める。どうやら妖たちは特段の感慨も抱いていないらしいが、そこはかとなく、奇妙な空気が感じられるのは気のせいか。

何者かが泥を食《は》み、濁り水の中でじっと息を潜めているような——。

「おい長助、あんまり近づくなよ。足を滑らせたら大変だぞ」

「平気だよぉ」

袖引き小僧は顔いっぱいに福々しい笑みを広げてみせる。底なしの池に落ちてしまわないかと、瑠璃はハラハラしつつ歩み寄っていく。

その時、長助の背後にある草むらが、怪しげに動いた。

何かがいる。

瑠璃は慌てて走りだした。

「長助っ」

次の瞬間、草むらから小さな影が飛び出してきた。かと思いきや、勢いのまま長助に向かって頭突きを食らわせる。

「うわあああ」

背中を押された長助はドボンと頭から池に落ちてしまった。

「にゃっははは、大成功っ。気配を消して忍び寄るのは猫の十八番《おはこ》ですよ。皆さん驚きました？」

「白、このバカ垂れッ」

草むらから飛び出したのは猫又であった。

肝心の長助はといえば、背中がぷかりと池の中に浮かんでいる。

「お前なあ白。悪戯《いたずら》って言っても限度があるだろっ」

油坊が急いで長助を引き上げる間、瑠璃は白猫に向かって声を荒らげた。

「瑠璃の言うとおりさ。長助が優しい質《たち》だからってやっていいことと悪いことがあるだろう？　こんな危ないことして何かあったら――」

露葉も厳しい顔で説教に加わったのだが、しかし山姥は、半端に言葉を切った。

「ぷはあ、び、びっくりしたあ」

引き上げられた長助は水面に浮かぶ草や藻を体中にくっつけていた。大きな頭も見事なまでに藻まみれとなっている。

「もぉ白、勘弁してよ。口の中まで藻が入っちゃったじゃないか、ぺっぺっ」

あたかも藻の塊が動き、喋っているようではないか。これを見た瑠璃は説教の途中であるのも忘れて吹き出した。

「ぶはははは っ」

「長助お前、そ、その姿っ」

「やだわ、お腹痛い」

「新しい妖の誕生ですね」

滑稽《こっけい》な姿を目の当たりにした油坊と露葉、さらには事の張本人である白までもがたまらず吹き出す。

当の長助はなぜ笑われているのか理解しかねるようできょとんとしていた。が、一同があまりに大笑いをするものだから、そのうち「へへっ」と藻だらけの顔でつられ笑いをした。

気のいい袖引き小僧は、根に持つということを一切しないのだった。珍妙極まりない妖において、長助はことさら毛色を異にしていた。人間の中でも妖を目にすることができる者はそう多くない。さらに長助を目視できるのは「見える者」のうち、心が清廉な者に限定される。人の袖を引くことを趣味とする袖引き小僧は、人畜無害を具現化した存在とも言えるだろう。

「はあ、はあ、まったく……そんで白、お前は何でここにいるんだ？」

藻の処理を露葉と油坊に任せ、ようやく笑いが治まった瑠璃は白に問いかけた。お恋たちと一緒に出かけたのではなかったか。

すると白は、なぜだか言葉を濁した。

「ん。行きしなに小間物屋を見つけましてね、いいものを見つけたんで、はい」

と言って、牙に引っかけていたものを瑠璃に見せる。

それは小さな根付《ねつけ》だった。白い猫を模《かたど》った根付は象牙《ぞうげ》製で、見るからに値が張りそうな代物だ。妖に売買の概念があるはずもなく、例によって、小間物屋の店先から失敬してきたのであろう。

「はいって、これをわっちに？」

「そうですよ。いけませんか」

「そりゃ泥棒なわけだし……でも、何で？」

「虫の土産はお気に召さなかったみたいなんで、まァあれですよ、その代わりです」

どうにも歯切れが悪いが、横目でこちらをうかがう様から察するに、瑠璃を喜ばせたかったようだ。もしくは虫嫌いの瑠璃に対する詫びのつもりなのかもしれない。

「それ、アタシみたいで可愛いでしょ？　ちゃんと大事にしてくださいよねっ」

つっけんどんに言う猫又をとっくりと見つめ、やがて瑠璃は微笑んだ。

――なるほど、そうか。あの虫も白なりの贈り物だったんだ。自分の好きなものを、わっちにも分けようとしてくれたんだな……。

「ありがとな、白」

さっそく根付を煙草入れに取りつけながら、瑠璃の胸にはじいん、とほの温かい感覚が満ちていった。

妖は瑠璃にとって黒雲の男衆と同じくらい大切な存在だった。人間とは些《いささ》か違った価値観を持ち、突拍子もない言動をする彼らに時に呆れ、時に困惑させられることもあった。だが妖は総じてまっすぐな心根を持つ者たちだ。そんな彼らに心癒やされ、気づきを与えられ、そして支えられてきたことが今まで何度あったことだろう。

嘘偽りない本音を言えば、瑠璃は妖たちが自分に会いに京まで来てくれたことが、嬉しかったのである。

妖は瑠璃にとってかけがえのない友だった。

だからこそ考えずにはいられない。馴染みの妖たちに限らず、京の妖も陽気な者たちばかりだ。そんな妖を、夢幻衆は己が欲のために苦しめ、裏四神にしてしまった。なぜそのような所業ができるのかと――。

元より夢幻衆は何のために妖鬼を作ったのだろう。鬼と妖を融合させることが、彼らの望む不死に繋がるとでも言うのだろうか。黒雲が倒した裏青龍。鬼と繋ぎあわされた大蜥蜴《おおとかげ》の妖は、瑠璃に痛みを訴えていた。あの苦しげな声は今でも思い出すたび胸を締めつけてやまない。それと同時に、別の疑問も浮かんでくる。

大蜥蜴は何ゆえ、あれほどまでに苦しげだったのか。言うまでもなく体を切断された痛み、操られている苦しみが大きかったのだろう。しかしながら瑠璃には、あの声が体の痛みばかりでなく、「魂」の痛みを訴えているように思えてならなかった。

――そういえば。

不意に思い起こしたのは狛犬の過去だ。

こまは以前、黒雲の宿敵であった鳩飼《はとか》いに命じられ、鬼と同化させられていた。彼はあの時のことを詳しく話したがらない。鳩飼いの配下に置かれていたのは辛い思い出でしかないのだろう。瑠璃も、あえて話題に上げることは避けてきた。

だが今はそうも言っていられない。何せ、事情が事情なのだから。

——こまには折を見てそれとなく話を聞いてみよう。もしかしたら妖鬼の実態について、何か目新しいことがわかるかもしれない……。

深泥池から四半刻と少しの距離を歩いていくうち、京の北に広がる山脈が間近に迫ってきた。

「ええと、たぶんこの辺に……あった、ここだ」

人家がぽつぽつと並ぶ岩倉《いわくら》の地に、こぢんまりとした平屋が建っていた。

平屋の玄関口には、

《岩倉診療堂》

と細い字で書かれた木札がかかっている。甚太を診察した医師、蟠雪《ばんせつ》という男が営む診療所だ。

まだ深泥池で遊びたい、と言いだした妖たちとしばし別れ、瑠璃は一人でここへやってきた。本来であれば飛雷を腰帯に擬態させたままにしておくのだが、いかんせん医者に背中の傷を見せねばならない。帯を解く際に黒蛇に気づかれるのは自明の理であると考え、飛雷にも深泥池に留まってもらうことにした。

――飛雷にゃ悪いが妖たちのお守《も》りをしといてもらおう。あの池、どうも気色が悪かったからなあ。

龍神に守りをさせるとは何事か、と黒蛇は今頃怒っているだろうか。それとも案外、妖たちと一緒になって遊びに興じているだろうか。

そんなことを考えながら瑠璃はもらった紹介状を左手に握り、いざ診療所の戸を叩こうとした。

が、しかし。

「まあ、蟠雪先生もあの噂をご存知だったのですね」

中から聞こえてきた声に、思わず手が止まった。

「はい。とは言うても小耳に挟んだ程度ですけど」

「ほんに物騒な世情で嫌ァになりますわ。鬼が出るなんて話が、まことしやかにささやかれるなんてねえ？」

この声、口ぶりは、やはり間違いない。声の主に思い当たった瑠璃は途端に帰りたくなった。

だが運悪く、相手側に気づかれる羽目となった。

「きゃあっ。先生、戸の向こうに誰か立ってはるわ」

——げ、しまった。

傾いた日が瑠璃の影を障子に映していたのだ。訪いを告げるでもなくぬぼっと佇《たたず》んでいる影は、なるほど恐ろしげに見えるだろう。

瑠璃は嫌々ながら戸を開けた。

瞬間、ふわ、と熟した桃のごとき甘ったるい香りがした。

「あんたさんは——」

驚いた目でこちらを見るのは、案の定、島原《しまばら》の蓮音太夫《はすねだゆう》であった。

仕事の場ではないためか今日は横縞の紬《つむぎ》に朱鷺色《ときいろ》の帯、と簡素な装いだ。とはいえ着物に焚《た》きしめた香の匂いは前に会った時と変わらない。

「これはこれは、瑠璃さんやないの。こないな場所で奇遇なことね。島原ではたいそう仲良うしてもろて、いつかまたお会いしたいと思うとったんどすえ？」

意趣返しのつもりなのか、太夫は切れ長の一重まぶたをさらに細めてみせる。目元には艶《つや》っぽい泣き黒子《ぼくろ》。ぷっくりとした唇に光る赤い紅。一見すると親しげで上品な微笑だが、目の奥はやはり、笑っていなかった。

――ああ面倒くせっ。この女とはとことん反りがあわねえんだよなぁ。

島原での嫌な記憶が一気に弾ける。瑠璃は蓮音を無視して医者に紹介状を手渡した。

「おやこれは、甚太の……」

母親からの紹介状を読んだ蟠雪は声をくぐもらせた。

たるんだ頬肉や曲がった背中を見るに、齢《よわい》は六十手前くらいだろうか。白い束髪は所々が薄く寂しいものの、声がやたら若々しい翁《おきな》である。

「失礼ですが、ええと」

「瑠璃と申します、蟠雪先生」

「……瑠璃さん。甚太の一家とはどういったご関係で？」

「近所に住んでいたんです。たまにですが甚太とも一緒に遊んだりして」

そうでしたか、と蟠雪は重く吐息を漏らした。

「あの子の最期は、ホンマに気の毒でした。医者としてできる限りのことをしたつもりやったんですが、結果として自分の無力を思い知らされるばっかかで」

「あらま。誰か亡くならはったんどすか」

と、蓮音が横やりを入れてきた。さも興味津々、という目をしながら。

「あんたには関係のないことだ」

「瑠璃さんたら相変わらずつれないんやねェ。お江戸の吉原じゃそういう女子の方が好かれるの？　それとも素がいけずなのかしら」

「はいはいそうかもね、はんなりはんなり」

「……馬鹿にしたはります？」

太夫の目元が微かに引きつった。だがすぐに気を取り直したようだ。

「あてはただお話しをしたいだけやのに、そんな風にあしらわれたら寂しいわァ。もしかしてやけど、前に宴《うたげ》をワヤにしてもうたこと、まだ気に病んではるん？」

くすくすと笑ってみせる蓮音を、瑠璃は静かに睨《にら》みつけた。

——一体どの口が言いやがるんだ。

そんなにも元花魁である自分が気に食わないのか。二度と関わるまいと決めていたものの、むかっ腹が立って仕方なかった。

言い返すべきか、だんまりを決めるべきか。葛藤《かっとう》していると、

「まァ診察も終わったことやし、あてはお先に失礼しますえ」

意外にも蓮音はすんなりと帰り支度を始めた。

ともあれ、嫌味を利かせずにはおれぬ性分らしい。

「堪忍《かんにん》しとくれやす。今の島原は忙しくってねえ、正直なところ、あんたさんにお構いできるほどの暇もないんよ」

「ああ？」

「今お江戸の幕府から京の天子《てんし》さまへ、使者のご一行がいらしてましてね。皆さん島原で遊びたがるものやから、あてももう、忙しくて忙しくて」

そんなことを聞いているのではない。が、瑠璃はどうにか言葉を呑みこんだ。挑発に乗り二度目の喧嘩をしてしまえば、またも自己嫌悪に陥る日々が待っていることだろう。

澄ました様子で診療所を去っていく背中を、瑠璃は無言で睨むに留めた。

「瑠璃さん、蓮音太夫とお知りあいなんで？」

二人のやり取りを見ていた蟠雪は首を傾げていた。

「知りあいたくもなかったんですがね……時に太夫は、どこかお加減が悪いのですか」

「ああ、女子によくある症状どす。蓮音太夫は前々からお月さんが重たい方で、月に一回うちに来はるんですわ。こんな痛み無《の》うなってしまえばええんに、と毎度おっしゃってますよ」

いくら自由な気風の島原であっても、遊女が子を産みづらい環境にある点は吉原と大差ないのだろう。身籠《みご》れば仕事に障りが出ると敬遠される。ならば月経など無用の長物ではないか――いけ好かないという印象は拭えないが、蓮音の中にも遊女としての苦悩があるのかもしれない。過去の自分とやや通じる気がして、瑠璃は自然と苛立ちを解いた。

それにしても島原からこの診療所まではざっと見積もっても二里以上、徒歩なら一刻も要する距離がある。にもかかわらず、このような辺鄙《へんぴ》な地までわざわざ来るということは、蟠雪はよほど腕の立つ医師なのであろう。

そう思うと返す返す、甚太の死が悔やまれた。

「して治療が必要なんは、どういったところですかいな?」

「傷の痛みがなくならないんです」

「ほう、傷。ではまず先に脈を確かめますよ」

蟠雪はさっと瑠璃の左手首を取った。さすがは医者というべきか、右腕がないことに言及する様子はない。瑠璃にとってはありがたいことであった。

「む、少し乱れ気味やな。舌を出して……ああやっぱり、火の気がうまく働いてへん。ひょっとして心も落ち着かないんやないどすか？　何か悩み事で気を揉《も》んではるとか」

どきりとした。医術でそんなことまでわかってしまうのか。

「まあ、少しだけ。先生、火の気ってのは何なんです？」

「昔から医術では肉体の部位を木、火、土、金、水の気に分けて考えるんですよ。瑠璃さんは火の気が足りてへんさけ、薬で補ったがええでしょう。あとで調合して差し上げます。さ、そいじゃ着物を脱いでもらいまひょか」

淡々と告げる蟠雪に従い、瑠璃は瑞雲文《ずいうんもん》と胡蝶《こちょう》があしらわれた帯を解く。医術に関してはまったくの素人であるため説明を完全には理解できなかったが、餅は餅屋。傷が治るのならそれでいい。

はら、と着物が滑り、白玉のごとき艶やかな肌と裸体の曲線があらわになった。

「傷っちゅうんは、これのことで？」

蟠雪は瑠璃の胸元を示して問う。

そこには五歳の時に飛雷によってつけられた、刀傷の痕があった。

「いえ、これはふさがっているのでいいんです。問題は背中の方でして」

「……何と」

背後にまわった蟠雪は言葉を詰まらせていた。

「胸の傷に背中の傷。おまはん、何をしてこない深い傷を負ってしもたんどすか」

「えっ、と」

「よう破傷風《はしようふう》にならんかったモンや。ふさがりかかってはいるけど、下手したら傷口から別の病が入ってもっとひどいことになってまう。こら急いで処置せな」

幸いにも踏みこんで聞かれることはなかった。蟠雪は瑠璃の後ろに腰を下ろし、傷の度合いを詳しく検《あらた》めている。

密かに安堵しつつ、瑠璃は先ほどから気になっていたことを尋ねてみた。

「蟠雪先生。つかぬことをお聞きしますが、さっき太夫とお話しされていた、噂というのは？　ほら鬼が何とかって……すみません、立ち聞きするつもりはなかったのですが」

すると蟠雪は膝を打った。

「ああ、あれね。ホンマか嘘かもわからんような話ですよ？　知りたいどすか」

「はい。是非」

「お聞かせしても大して面白くもあらしまへんが」

そう前置きして語り始めたのは、こんな話だった。

洛南、伏見は下鳥羽《しもとば》に「舷萬《げんまん》」という老舗《しにせ》の酒蔵があった。伏見といえば京と大坂の中継地として賑わう土地だ。高瀬川《たかせがわ》が開削《かいさく》されたことによりさらなる発展を遂《と》げ、瑠璃が最初に訪れた伏見宿もここに設けられた。豊かな地下水に恵まれた伏見は酒処としても広く知られており、名のある酒蔵がそこかしこに軒《のき》を連ねている。

舷萬の女将《おかみ》は年若い美人で、主人の自慢の妻だったそうだ。女将には磯六《いそろく》という二つ違いの従兄《いとこ》がいた。同じく伏見にて深草団扇《うちわ》を作る職人である。

幼少の頃より仲がよかった女将に、ある頃から磯六は熱のこもった視線を注ぐようになった。大人の女に成長し、やがて人妻となった女将に、懸想《けそう》をしたのだ。

困惑した女将は磯六を何度もたしなめた。だが従兄として親しくしてきた彼に強く出ることもできない。片や突っぱねられぬのをいいことに、磯六は言い寄るのをやめようとしない。次第に女将は疲弊《ひへい》していき、とうとう磯六にこう提案した。

あなたと一緒になるには夫を殺すしかない。夜中に夫の髪をこっそり濡らしておくから、それを頼りに、あの人の首を斬って――。

真に受けた磯六は言われたとおり灯りのない深夜に夫婦の寝所へ忍びこみ、濡れ髪の持ち主の首を掻き切った。

ところが磯六が斬り殺したのは他でもない、女将本人であった。

女将は己の貞操《ていそう》を守らんとして自らの髪を濡らしたのだ。磯六の想いに応えることはできない、さりとて拒絶を通すことも難しい、と。

女将を殺した磯六は捕らえられ、斬首の刑に処されることとなった。

「亭主の身代わりになるなんて、またとない美談やと思いまへんか」

「……ではその女将が鬼になったので？」

「いいえ、鬼になったんは磯六です」

眉根を寄せる瑠璃の一方で、蟠雪はさらに続ける。

磯六は首を刎《は》ねられる最後の瞬間まで、こう叫んでいたそうだ。

――俺は殺してなんかおまへん。信じて。無実や、無実なんや……。

「信じてくれ、信じてくれと声を嗄《か》らして訴えとったらしいんどすが、信じろと言われても無理な話やないですか？　人殺しをした挙げ句、無実やなんて嘘までついて、殺された女将とはえらい違いや」

そして磯六は、鬼となりまた人殺しを重ねているのだという。

「処刑から程なくして、舩萬の亭主が急死したんやとか。酒蔵はあっちゅう間に潰れてまいましたよ。市井《しせい》ではそれが磯六の仕業《しわざ》やと言われとってね……ま、鬼になったというくだりは眉唾ですが、磯六がはた迷惑な悪人やったっちゅうんは、間違いない事実でしょうね」

そう鼻白《はなじろ》んで蟠雪は話を締めくくった。

閑馬が聞きかじったという噂はこれだったのだろう。伏見という場所が一致している。蓮音との再会は望んでいなかったが、鬼の委細《いさい》を聞けたのは実に運がいい。

事のあらましを聞いた瑠璃は確信していた。

――その磯六って男、おそらくは本当に、無実だったんだろう。

少なくとも蟠雪が評するような「悪」ではなかったはずだ。なぜなら鬼になる者というのは、得てして他者を思いやることのできる、優しい者であるからだ。さような人間が強引に人妻に言い寄ること自体そもそも信じがたい。ましてや亭主を殺してと言われてそのとおり実行するなど、瑠璃が今まで見てきた「鬼になる者」とは明らかにそぐわぬ言動であった。

真実は他にあるはず――そこまで考えた時、背筋にぞわりと悪寒が走った。

「蟠雪先生」

「はい?」

蟠雪は先ほどからずっと瑠璃の背後を離れない。すす、と背中のみならず腰、肩までをも執拗にさすったり押したりするものだから、薄気味が悪くてかなわなかった。

「その、肌寒くなってきたのですが……傷の具合はもう確認できましたか」

できるだけ角が立たないように気をつけながら問うと、

「もちろんですとも。いやはやしかし、こない綺麗でしなやかな筋を見るんが初めてなモンやさけ、ついじっくりと見入ってまいました。もしやくすぐったかったどすか?」

イヒヒ、と笑う蟠雪に我知らず怖気《おぞけ》立った。最初の印象こそ親切丁寧な医者といった塩梅《あんばい》であったが、かような表情を見ては改めざるを得ない。

現在、京の人間は裏四神の放つ邪気によって本性があらわになりつつある。愛想よく見えたこの翁にも、ひょっとしたら異なる顔があるのかもしれなかった。職業柄、女の裸をまじまじ眺めても触れても許される医者が、微塵《みじん》たりとも欲情に駆られないとも限らない。

やおら立ち上がると、蟠雪は薬を調合しに奥の間へ向かった。

「鎮痛には何がええかな。甘草《かんぞう》か鹿茸《ろくじょう》か、そうそう芍薬《しゃくやく》の根も忘れたらあかん」

そうして奥の間に繋がる襖《ふすま》が開いた途端、瑠璃は「うっ」と鼻を覆った。

――何だ、この臭い……。

饐《す》えた異臭が鼻腔《びこう》になだれこんでくる。鼻が曲がってしまいそうなほどの臭気だ。嗅覚の鋭い瑠璃にしてみれば拷問といっても過言ではなかった。

「おっと、えらいすんまへんな。薬の材料になるモンは大概が臭ァてね」

言うが早いか、蟠雪はぴしゃりと襖を閉めた。

ただの漢方がこれほど臭うのだろうか。残された瑠璃は不安な心持ちで、薬ができあがるのを待つより他なかった。


「……ぶはあっ。やっとまともに息ができた」

調合してもらった薬を受け取って逃げるように診療所を飛び出すや、鼻から思いきり外の新鮮な空気を吸いこむ。

塗り薬に加えて痛み止めの飲み薬を渡されたはよいが、よもやこれも臭いがきついのではないか。まず間違いなく苦いであろうことは、覚悟しておかねばなるまい。

――お代が思ったより良心的だったのはありがてえけどさァ……。

「あ、いたっ。おうい瑠璃、医者とやらにはもう会えたのか？」

薬の入った小箱を睨みつつ突っ立っていると、後方から声が飛んできた。

見れば黒雲の同志、豊二郎と権三が手を振り振りこちらへ歩いてくるではないか。

「豊、権さんも。何でここがわかったんだ？」

「それが、閑馬さんの家に押し寿司の手土産を持っていったんですけど」

「独り身だと大したモン食ってないんじゃねえかと思ってな」

「そこでお医者の話を聞いたんですよ。診療が終わった頃合いかと思って来てみたんですが、正解でした」

二人の顔は見るに満足げだ。大方、京の美味を心ゆくまで堪能してきたのだろう。羨《うらや》ましくなった瑠璃は口を尖らせた。

「ちぇっ。二人してつやっつやの顔しちゃってさ」

「そりゃそうだ。何たって鱧《はも》尽くしの懐石《かいせき》を食ってきたからな」

「は、鱧だとっ？」

京の高級魚ではないか。自分すら未だ食べたくとも食べられずにいたのに。瑠璃の目つきが意図せず険しくなっていく。

「ふふん、いいだろ？　この時期の鱧は脂《あぶら》が乗っててよ、頬っぺたが落ちるたァあのことだ。ひまりにも食わせてやりたかったなあ。刺身に吸い物、天麩羅《てんぷら》に梅肉《ばいにく》で仕上げた體落としに――」
「それはそうと瑠璃さん、もう塒に戻りますか？」
これ見よがしに自慢する栄二郎を遮《さえぎ》り、権三が問うてきた。
――権さんも、瑠璃さんと同じくらいあの子のことが気になってるみたいで。
夕暮れにはまだ早い。
瑠璃はしばし考えこんでから、権三の瞳を見つめ返した。

三

豊二郎に妖たちの引率を頼み、瑠璃は飛雷、そして権三とともに鴨川沿いを南下する。川べりには旬の鮎《あゆ》釣りを楽しむ者たちが大勢いた。

「……なあ権さん。皆、あの柱が見えてないみたいだな」

前方の四条河原《しじょうがわら》にそびえ立つ、巨大な柱――裏青龍を倒したと同時に現れたあの異様な柱は、どうやら常人の目には映っていないようだ。あれだけ禍々《まがまが》しい気を発しているというのに、鴨川にたむろする人々は気に留める素振りが欠片もない。

否、柱がある方向を怪訝《けげん》そうに見る者は少しばかりいた。

「閑馬さんも薄ぼんやりなら見えるとおっしゃってましたし、妖を見るだけの力がある人間なら、あの柱が見えるのかもしれやせんね」

南へ進むにつれ、今度は友禅流《ゆうぜんなが》しに勤《いそ》しむ者たちの姿が見えてきた。友禅染の過程でついた余分な糊《のり》や染料を川の水で洗い流す。目に鮮やかな生地が鴨川の流れにゆらゆらとたゆたう様は、見る者の心に安らぎを与えてくれるようだった。

こうした京ならではの風情を眺めていると、この地で只《ただ》ならぬ怪異が起こっていることと自体が夢か現《うつつ》か、甚《はなは》だ疑問に思えてくる。

されど怪異は、確実に京びとの心を蝕《むしば》んでいた。

「ん？　何だこれ、財布が——」

四条河原に差しかかった矢先、瑠璃は声高な怒鳴り声を聞いた。

「このぬっぺりぼうども、よくも俺の金を盗《と》りやがってっ」

「他人《ひと》さまのものを盗むたァ畜生《ちくしょう》にも劣る」

二人組の男が、河原の住人たちに向かって罵声を浴びせかけていた。「誤解です」と後ずさりをする彼らの言い分も聞き入れず、さらに荒い調子で詰め寄っていく。

何が起こっているのか。瑠璃は事態を把握せんと前方に目を凝らす。

「……あっ」

大人たちの背に隠れるようにして、夢幻衆が一人——かつ瑠璃たちの探し人でもある童女、麗の姿が垣間見えた。男らの罵声が聞こえているだろうに、相も変わらず麗の顔には感情らしきものが確認できない。

「お願いどす、どうか乱暴だけは」

そう哀願する声も無視して、男の一人がいきなり片足を上げた。目の前にいる河原の住人を蹴り飛ばそうとしているのだ。

――あいつら……。

すると瑠璃が声を張るよりも早く、童女の瞳に、光が宿った。

麗の動きは速かった。大人たちの間をすり抜けるや、男の前に無言で飛び出し、両腕で蹴りを受け止める。

しかし細い腕で受けきることは叶わず、蹴り飛ばされた麗はそのまま砂利《じゃり》の上にうずくまってしまった。

「麗――」

瑠璃と権三は顔を見あわせると直ちに駆けだした。

「おいやめないかっ。こんな子どもを蹴るなんて」

が、駆けつけるなり瑠璃は眉をひそめた。男たちの顔に見覚えがあったからだ。

島原にて蓮音太夫とひと悶着《もんちゃく》を起こした際、宴に同席していた男たちだった。楽しげに顔を赤らめ、瑠璃の容姿に現を抜かしていた二人である。

二人も瑠璃のことを思い出したらしかったが、

「ガキやろうが知ったことか。関係あらへん奴は引っこんでろ」

と顔を背け、麗に近づいていく。二人の目は以前の浮かれた様相とは似ても似つかないほど剣呑な気配を帯びていた。

「よせって言ってんだろっ。この人たちが何をしたって言うんだ」

「俺の財布を盗んだんや。なのにてめえらは盗んでへんと言い張りやがる。盗人猛々しいとはこのことやで」

「……財布って、これのことか？」

瑠璃が今しがた拾った財布を見せると、男たちは目を剝いた。瑠璃の手から財布をひったくり、中身を確認する。どうやら中にあった銀は減っていないらしい。

「あんたが不注意で落としたんだろ」

「な、何を――いんや違うね。絶対こいつらの仕業や」

「盗んだのがバレたもんやさけ、グルになって向こうに放り投げたに決まっとる」

「ふうん。証拠はあるのか？」

男たちはぎり、と歯ぎしりした。瑠璃と河原の住人たちを見比べ、なおも反論しようと言葉を探している風だ。

だが、そのうち憎らしげに舌打ちすると踵《きびす》を返した。

「……もうええ、時間の無駄やわ」

立ち去ろうとする男の腕を、瑠璃はすかさずつかんだ。

「待てよ。この人たちに何か言うことがあるだろう」

「はあ？」

「勘違いで暴力を振るったんだから、ひと言詫びるのが筋だ」

「やかましわ、何で俺らが卑《いや》しいぬっぺりぼうなんかに――」

バシッ。

言い終わるよりも先に、瑠璃の平手が男の頬を打った。

「ぬっぺりぼうじゃない。この人らはお前らと同じ、人間だ」

瑠璃の声音は低かった。面差しこそ冷静だが、男たちを見据える瞳には、射抜かんばかりの激しさが揺らめいていた。

「よければこの先は、俺が相手になりやしょうか」

権三が両者の間に割って入る。こちらは柔和な笑顔だが、まとう気迫は瑠璃と同等に凄まじい。自身らよりも明らかに腕っぷしの強い、力士のごとき体躯《たいく》を見上げるや男たちの目つきが変わった。

最後の悪足掻《わるあが》きのつもりか鼻を鳴らすと二人の男は早足でその場から立ち去っていった。河原の住人たちは麗を守るように囲みながら、呆気に取られた顔で瑠璃と権三を見ていた。

「あなたは、いつぞやの……」

と、一人の翁が声を上げた。

瑠璃はすぐさま記憶を辿る。納涼床からの帰り道、この河原で出会った翁だ。確か「よも爺《じい》」とか呼ばれていた。

「あのう、お二方。ホンマにありがとうございました」

一方、他の者たちも緊張がほどけたらしく、口々に感謝を述べ立てた。

「財布を盗んだと言われても何のことやらわからんくて、ほとほと困っとったんです」

「お二人が来てくれへんかったらどうなっとったか」

「麗、立てるか？　この方たちにお礼を言おうな」

瑠璃と権三は戸惑いがちに視線を交わした。

よもや彼らも夢幻衆の一味なのでは――この考えは、どうも外れていたようだ。河原の住人たちは心から謝辞を口にしている。表情からも声からも嘘は感じられない。第一、夢幻衆と何らかの関係性があるなら先の輩《やから》どもなどすぐに撃退できたはずだ。

ややあって仲間たちに促され、麗がゆっくりと瑠璃の前にやってきた。足蹴にされた腕は幸いにも大事ないらしい。

「おおきに。あの人たち、追い払ってくれて」

小さく、抑揚のない声だ。分厚い前髪で額を隠した童女は、瑠璃たちを前にしても逃げようとはしなかった。ただ心を閉ざした顔でこちらを見るだけだ。今しがた目に宿った光はすでに消えている。

しかしながら、瑠璃は直感していた。

——この子には、ちゃんと感情がある。

「ああ、久しぶりだな麗。あれから意識が戻ったみたいでよかったよ」

他の者たちは麗が祇園社で何をしていたか知らないのだろう、何の話かと訝《いぶか》しげな顔をしている。彼らの前でこのまま話を進めるべきか否か。ためらっていると、翁が助け舟を出してくれた。

「岩助《いわすけ》、チヨ。皆を連れて戻り。そろそろ夕餉の支度をする時分やろうて」

どうやらこの翁だけは、麗と瑠璃たちとの間にのっぴきならぬ事情があると察したらしい。河原の住人たちは瑠璃と権三に繰り返し感謝をしつつ、奥の方にある掘っ立て小屋へと向かっていった。

こうして瑠璃と権三、翁、そして麗が河岸に残った。

「なあ麗、教えてくれ。どうしてお前さんみたいな子どもが妖鬼を操っていたんだ？　他の夢幻衆は今どこに？　裏四神を使ってこれから一体、何をするつもりなんだ」

勢いこんで尋ねる瑠璃に対し、当然というべきか麗は口を噤《つぐ》んでいた。

つと、瑠璃はあることに気がついて素早く童女の腕を取った。あちこちが綻《ほころ》んだ着物をめくってみると、驚いたことに素肌にはいくつもの痣《あざ》があった。今ほど受けた蹴りの痕ではない。誰かに折檻《せっかん》をされたような痣だ。

「誰がこんなひどいことを……もしかして他の夢幻衆にやられたのか？　なあ麗、どうなんだ？」

それでも麗は口を閉ざしたままだった。が、虚ろな瞳が少しだけ揺れた。

何も言わない童女の代わりに、今度は翁が口を開いた。

「お嬢さんは儂《わし》の記憶違いでなければ、確か、瑠璃さんとおっしゃいましたな。先だって一緒にいはった職人風のお方がそう呼んではったかと」

職人風のお方とは閑馬のことであろう。

「儂は与茂吉《よもきち》と申します。皆はよも爺と呼んでおりますが。瑠璃さん、少しこちらへ、よろしおすか」

瑠璃は権三に視線を送る。すると権三は心得たとばかり頷いた。

「じゃあ麗、向こうで俺と一緒に水切りでもしよう」

「水切り」

「そうだ。どっちが遠くまで飛ばせるか競おうじゃないか。どうだ?」

「……うん。ええよ」

言葉少なだが、麗は夢幻衆にまつわることでなければ話すようだ。誘われるがまま川べりで背中を丸め、石選びを始めた。偉丈夫の権三と麗では著《いちじる》しい体格差があるものの、童女は存外、警戒する様子がない。幼いながらに権三の温厚な人となりを感じ取ったのかもしれなかった。

二人をやや遠目に見る位置まで離れると、

「ここ四条河原には、儂を含め、二十二人の者たちが住んでおりましてな」

与茂吉は瑠璃に向かってそう口を切った。

「蜘舞《くもまい》なんかの軽業や大道芸をしたり、祝言人《ほかいびと》として家々をまわり施しを受けたりしてどうにかこうにか食い繋いどります。皆が皆、血が繋がっとるわけやないんですが、こうして身を寄せあっとると本当の家族みたァになるんやさけ不思議なものや」

「家族に……」

瑠璃は麗の小さな背中を見やった。

感情に乏しいと思われた麗が、なぜ輩の前に飛び出してきたか。

童女は「家族」を庇うためにこそ身を張ったのだ。

彼らの祖先は大半が「宝来《つるめそ》」という名称で祇園社に勤める下級神官だったそうだ。祭礼や葬送にあたり境内を清掃し、祇園会では神輿を警護し、さらには洛中に打ち捨てられた死骸を処理する役回りである。しかし当時、彼らの仕事は不浄に触れることと同一視されていたために、宝来は神官といえども不当な差別を受けていた。

「今では宝来の名も忘れられ、住み処《すみか》も河原へと追いやられてしまいましたが……」

与茂吉は両手を腰の後ろで組みながら、川下に目をやった。

視線の先にあったのは、邪気をまとう巨柱。

――この人にも、見えてるんだ。

瑠璃も与茂吉に倣《なら》って柱を見つめた。

「下層民やと差別されてはいても、さっきのような揉め事は、今まで滅多に起こらへんかった。遠巻きに煙たがる目で見られることはあれ、面と向かって罵倒されたり蹴られたりすることなんぞなかったんどす」

「けれど昨今《さっこん》は、違ってきている」

「……ええ」

騒がず、激せず、感情をあらわにしないことを美徳とする京びと。だが彼らもまた人間だ。表に出していないだけで、内側にほの暗い悪意や、他者を見下し嘲笑《ちょうしょう》する一面を忍ばせていても何ら不思議ではないだろう。

吉原にいた頃、瑠璃は幾度となく客の横暴ぶりを目にしたことがあった。花魁の前では優しく穏やかな男を演じておきながら、小さな禿《かむろ》や若い衆に対しては粗野な態度を隠そうともしない。先の輩たちもそれと同じだと思った。

——所詮《しょせん》はどうでもいい人間だと思ってるから冷たく振る舞えるんだろうな。それが奴らの〝本性〟ってこった。

あの柱から漂う邪気は今、京の人間が押し隠していた本性を剝き出しにしつつある。与茂吉ら宝来の人々はこれだけ柱から近い距離にいるにもかかわらず、接してみても悪意や欺瞞《ぎまん》といった醜い人間性は感じられない。つまりはそれが彼らの素であり、隠すべき本性というものがないのだろう。対照的に、先ほどの二人組は間違いなく柱の影響を受けていた。以前は鼻の下を伸ばしていた瑠璃に対してでさえあの態度だったのだから、本性も知れるというものだ。

——良くも悪くも人間の本性を浮き彫りにする柱……か。

柱が立ち上がった原因も、存在意義も依然として不明。しかしほぼ確定していることがあるともある。

柱を生み出した者が、あの陰陽師集団に違いないということだ。

「与茂吉さん。あなたは夢幻衆をご存知なのですね？　麗がその一員であることも」

翁は物憂げに首肯した。

「やはりあなたも夢幻衆をご存知で……連中がこの河原に現れたんは、今から三年前のことでした」

それは京が未曽有《みぞう》の大火に見舞われる数月前。夢幻衆と名乗る三人はこの地に突如現れ、何の説明もなく麗をさらっていったという。宝来の者が総出で探すも、行方は杳《よう》として知れず。しかし数日後、麗は何と自力で河原に戻ってきた。

あいつらに何かされたのか。どうやって戻ってこられたのか――仲間たちが問い質《ただ》しても、童女はまともに答えようとはしなかったそうだ。

それから麗は頻繁に姿をくらますようになった。やはり数日を置いて戻ってくるとはいえ、体中に痣や傷を作っており只事ではないのは明白だ。

与茂吉は悟っていた。夢幻衆から折檻を受け、なおかつ何か、危険なことの片棒を担がされているのだと。

「けれども麗は、儂や皆がどれだけ止めようとも聞かへんのです。一体何をさせられとるのか、言いなりになんかならんでええと言うても、黙りこむだけでまたいつの間にか河原からいなくなってまうんです。あの子は元から内気な方やけど、夢幻衆と関わるようになってからというもの、目までが日増しに暗くなっていって」

顔を曇らせつつ話す与茂吉からは、まこと麗を案じる様子が伝わってくる。

おそらくは瑠璃の口から「夢幻衆」と聞き取り、委細を話してみようと思い立ったに違いない。翁の憂慮は、なるほど家族に対するものであった。

「与茂吉さんは、あの子のお爺さまなのですか」

ふと気になって問いかけると、

「いいえ。麗の血縁者はもうこの世にはおまへん」

皺《しわ》が刻まれた翁の顔に、一段と深い影が差した。

「麗の母親は、あの子が五つの時にこの河原で息を引き取りました。父親は」

なぜだろう、与茂吉は先を言い渋る。

「瑠璃さん。妙なことをお尋ねしますが」

「何でしょう？」

「あなたは鬼、というものの存在を信じたはりますか」

「……ええ。鬼は間違いなくこの浮世に存在しています」

「信じてはるなら、お伝えしても差し支えあらへんか……麗の父親はな、瑠璃さん。鬼やったんです」

思わず耳を疑った。

「鬼が、父親ですって？」

父親が死して鬼になったという意味か。だが与茂吉は首を横に振った。

「京には昔から独特の気が流れとると言われてます。陰の気、とでも言うんでしょうか。麗の父親は心に深い傷を抱えとりました。とある人物をいたく恨んどって、それが陰の気に触れ続けて——奴は、生きながら鬼になってもうたんです」

「……生き鬼……」

死後に鬼となった者よりも、さらに強い呪力を持つ。それが生き鬼だ。

くだんの男は生き鬼に変貌するや宝来の仲間である女子を襲ったという。異変に気づいた与茂吉たち、宝来の若者たちは決死の思いで男を阻止した。そしてもはや彼の怨念を鎮める手立てがないと悟り、やむにやまれず、息の根を止めたのだった。退治の知識もない普通の人間である彼らだが、おそらく男は生き鬼になったばかりで力が弱かったのだろう。

襲われた女子は無事であった。ところが間もなく、彼女の腹に新たな命が宿っていることが発覚する。

その子どもこそが麗だった。

――そんなことが、本当にあるのか。

数々の鬼を見てきた経験を振り返っても、到底信じられない。

瑠璃の瞳が自ずと川べりに向かった。

「見てごらん麗、そこの石なんかいい形だぞ」

「……ホンマや。透明で、綺麗」

権三とともに川遊びをする童女。こうして見るとどこにでもいる幼子だ。しかし、その分厚い前髪の奥には、鬼の角がある。

麗は人間と鬼との間に生まれた子だったのだ。

与茂吉も瑠璃と同じように川べりを眺めながら、訥々《とつとつ》と言葉を継いだ。

「半人半鬼の赤子を産んだからでしょうか、麗の母親、カノは段々と体が弱って亡《の》うなりました。父親は元々、京の生まれやなかったんどす。奴は正嗣《まさつぐ》という名でね」

刹那《せつな》、瑠璃の体を閃光《せんこう》が貫いた。

今、何と言ったのか。聞き違いだろうか。

――まさ、つぐ。

翁はさらに続ける。

「あれは麗が産まれる五年ほど前のことやったか、正嗣はここよりずっと東にある山脈から、流れ流れてこの地に来ました。聞けば出自は、産鉄民《さんてつみん》の末裔《まつえい》だとかで……」

後の言葉は、半分も耳に入ってこなかった。

正嗣。

東の山脈。

産鉄民。

「……嘘」

すう、と全身から血の気が引いた。頭が瞬く間に真っ白になっていく。与茂吉の言葉が耳の奥で反響し、心の臓が冷たく、不規則に胸を叩く。

――違う。そんなはずはない。そんなはずは。

――やあいミズチ、ミズチ。

――うちのお母ちゃんが言ってたぞ、ミズチは乱暴者だから気をつけろって。

「な、瑠璃さん？　どないしはったんや、真っ青やないか」

──違う、ありえない……そうだ。きっと、人違いだ。そうに決まってる。だって、あの時……。

自分の知っている正嗣は、死んだはずなのだから。

本当に「ありえない」のか？

己の内側で、問いかける声がした。

心の傷。麗の父親は、心の傷を抱えていた。それは一体、どんな傷だったのか。

──知りたくない。

彼は一体、誰を恨んでいたのか。

──嫌だ、聞きたくない。

拒絶する心とは裏腹に、瑠璃は無言で歩きだしていた。

川べりに向かって歩み寄っていく足は、手先は、抑えきれぬほど震えていた。

「……麗」

呼びかけられた麗は少し不思議そうな顔でこちらを見上げた。改めて見る童女の顔は、やはり己の記憶を刺激するものだった。

瑠璃は瞬きすらも忘れて童女の面立ちを凝視する。

こ、こ、この子は一体、何者なのか。

「麗、お前さんの、お父《と》っつぁんは……」

お願いだ。瑠璃は必死に祈った。

「お前さんのお父っつぁんが、恨んでたのは」

どうか「違う」と言ってくれ――。

「滝野《たきの》ミズナ、という名だったか」

途端、ぼんやりしていた麗の目が、見る見るうちに大きく開かれていった。この反応を見た瑠璃はもはや声を漏らすこともできず、凍りついた。

「その名前、ウチのおっ母《かあ》が言うてたんと同じ……何で、あんたが……」

不穏な疑念が、確信に変わった瞬間であった。

黒雲と夢幻衆。そうでなければ、見も知らぬ赤の他人。瑠璃と麗の人生には本来、何の接点もない、はずだったのに。

二人は見つめあった。ただひたすら、互いに、言葉の一切を失ったまま――。

鏡のごとく麗しい月が、東山から顔を出す頃。

伏見街道から程近く。後香宮《ごこうのみや》神社のすぐそばに、鬼はいた。

――俺は無実や。

鬼の声が心に直接響いてくる。

「頭、後ろですっ」

錠吉の声に瑠璃は振り返った。

泥眼《でいがん》の面越しに見たのは、鬼が、鋭利《えいり》な爪をこちらへと振りかざす様であった。磯六――斬首刑により命を絶たれた男の鬼だ。

瑠璃は素早く身をひねる。鬼の爪をかわす。同時に足をまわし、鬼の脇腹に蹴りを繰り出す。重い一撃を食らった鬼は地面に転がった。

黒々と染まった肌に、裂けた口。暗闇がのぞく眼窩《がんか》。そして額には、ひび割れた三寸の角。上級の鬼である。かねてから懸念していたとおり、京に出没する鬼は裏四神の邪気に影響を受け、怨念が高められているのだった。

うめいていた鬼がぎらりと瑠璃に視線をくれる。

たちどころにして黒い爪がめきめきと伸び、鋭さを増していく。

危険を察知した瑠璃は背を向けて走りだした。

ところが、

「な——伏せてくださいっ」

権三の叫びを聞き瞬時に膝を折ったのだが、遅かった。

鬼から十分に距離を取っていたにもかかわらず、右肩に何かが突き刺さった。続けざまに四発、右の地面に突き刺さる。

見れば鬼の爪であった。

——あの鬼、自分の爪を飛ばしてきたのか。

瑠璃は痛みを押し殺しながら、肉にめりこんだ爪を引き抜く。ぐちゅ、と血のあふれる不快な音がした。

——もし左腕に当たってたら刀を握れなくなるところだった……因果なモンさ。右腕がなくて助かる日が来るとはな。

「気をつけろ皆」

「鬼哭《きこく》が来るっ」

黒扇子を持つ豊二郎と栄二郎が声を張り上げる。

鬼はがばりと口を開けた。直後、怨念の渦巻く衝撃波が夜の空気に波打った。爆風が生まれ、瑠璃たちは思わず片膝をつく。

「……っ、やはり上級の鬼哭は重い」

「錠、輪宝《りんぽう》を。奴《やっこ》さんと同じ戦法を使ってみよう」

錠吉と権三は懐から黒塗りの法具を取り出す。鬼に向かって同時に投擲《とうてき》する。車輪に鋒端《ほうたん》が突き出た飛び道具は宙を滑り、ざく、と音を立てて鬼の胸と腹に命中した。

鬼の叫びが辺りにこだまする。

――濡れ衣なんや。誰か、誰か、信じてくれ。

「まだ動けるか……」

先刻から幾度か攻撃は当たっているのだが、今一つ決め手に欠ける。鬼の体力は無尽蔵だ。長期戦になればこちらが圧倒的に不利となってしまう。

「錠さん、権さん、次で決めるぞ」

「はい」

錫杖《しゃくじょう》と金剛杵《こんごうしょ》を携え、錠吉と権三は駆けだした。

いったん逃げようと考えたか、踵を返す鬼。それを見た双子はすかさず経文を唱える。すると夜闇に浮かんでいた純白の注連縄《しめなわ》がまばゆい光を放った。

注連縄から下がる紙垂《しで》がさらに伸びていき、地に到達する。結界の檻《おり》の完成だ。

紙垂に体が触れた瞬間、けたたましい音がして鬼は結界に弾かれた。よろめいた体に錠吉と権三が法具を打ち当てる。打撃をまともに受けた鬼の口から、怒りとも苦しみともとれぬ喘《あえ》ぎ声が発せられた。

またも爪が伸び始める。小刀のごとき長さまで伸びた爪。おそらくは闇雲に発射せんとしているのだろう——が、鬼の目論見は果たされなかった。

「飛雷、とびきり硬いのを頼むぞ」

「……わかっておる」

瑠璃は黒刀を握りしめて地を蹴る。左腕に意識を集中させる。錠吉と権三が横に退くのを合図に、鬼の顔面めがけ、渾身の力で黒刀を振り抜いた。

鬼の裂けた口から上が斬り離され、地に落ちる。叫び声はもはやしなかった。

体から力が抜けていき、やがて鬼は、糸が切れたかのように倒れた。

——何で誰も、信じてくれへんのや。

全身が徐々に黒い砂へと変わっていく。

瑠璃は顔から泥眼の面を外した。

——誰でもええ。一人でもええから、信じてくれ……俺は、無実なんや……。

男衆とともに鬼の消滅を見守りながら、瑠璃は唇を引き結んだ。

「わっちらは皆、わかってるよ。誰が何と言おうとも、お前さんは罪を犯してなんかいない。嘘つきなんかじゃない。……信じてるよ」

断言する言葉が届いたのだろう。

消えていく鬼の口元が、ほんの少しだけ、笑みを浮かべた気がした。


磯六の弁は真実だった。

酒蔵の女将を殺した下手人は、他にいたのである。

「……つまり舷萬の亭主が、自分の女房を殺したのさ」

塒への帰途に就きながら、瑠璃は男衆に真相を語る。退治に臨《のぞ》むにあたって事前に下鳥羽へ赴《おもむ》き、磯六が鬼となった本当の所以《ゆえん》を調べていたのだった。

女将を殺したのはその夫、酒蔵の主人であった。女に限らず男も嫉妬心を抱き、ややもすると女より激するのはよくある話だが、この亭主も例外ではなかった。

かつて舷萬に勤めていた奉公人の証言によれば、女将は同じ酒蔵の手代と爛《ただ》れた関係にあったそうだ。だが独占欲の強い夫がいたのでは手代と愛を育むのも難しい。そこで女将は一計を案じた。幼き頃より仲のよかった従兄、磯六を利用しようと。

夫を殺してほしい。女将は磯六に向かって涙ながらに頼んだ。夫から手ひどい暴力を受けており、もう耐えられないのだと嘘をついて。おそらく磯六なら鵜呑《うの》みにすると考えたのであろうが、そこは皮肉にも「鬼となる者」ならではの気質というべきか、磯六は人殺しなどできるはずがないと拒否した。女将の当ては外れた。

この時、彼女は知る由もなかった。磯六との会話に、奉公人のみならず、己の亭主が陰で耳をそばだてていたことに――。

後に亭主は女房が浮気をしていると知り得たのだろう。憤怒の果てに、寝ている女房の首を掻き切った。凶器に用いたのは磯六からくすね盗った、団扇作りのための小刀。そしてあろうことか町奉行所に磯六が下手人であると訴え出た。貞女である妻に懸想していた磯六が、「夫の髪を濡らしておく」との言葉を信じ、彼女本人の首を斬ってしまったのだと。美談に仕立て上げたのは実のところ、老舗である酒蔵の名を貶《おとし》めるわけにはいかないと考えたからだろう。

磯六がどれだけ根も葉もないことと訴えれども、女将の首を斬ったのは彼の小刀だ。誰ひとりとして抗弁に耳を貸すことなく、ついに磯六は京の東、粟田口《あわたぐち》刑場にて打ち首に処された。

「……ひでえ話だ。夫婦そろって磯六を利用したんだな」

豊二郎の隣で、栄二郎も重苦しく開陳《かいちん》する。

「心ある人がもう少し仔細を調べていたなら、誰が嘘つきか、何が真実か、ちゃんとわかっただろうにね」

黒雲は全員でしばし、口ごもった。

五人そろっての鬼退治は力の面ではなるほど頼もしいことに相違なかったが、反面、退治の後のやるせなさ一切が消えるわけではない。

「……恋塚寺《こいづかでら》」

ぽつりとつぶやいた瑠璃に、一同の視線が集まった。

「岩倉診療堂で鬼の噂を聞いた時から、どこかで聞いたような話だと思っていたんだ。今やっと思い出したよ。恋塚寺の古い逸話《いつわ》をね」

例の酒蔵がある地からそう遠くない場所に、恋塚寺なる寺がある。そこに眠る袈裟《けさ》という女房は従兄の盛遠《もりとお》から寄せられる猛烈な恋情に悩み抜いた末、己の髪を濡らし、夫の身代わりとなって殺された。そして苦悩と哀しみの果てに死後、鬼になったともされている。

殺された女が真に貞女であった点や誰が鬼になったかなど細かい部分は異なるものの、髪を濡らすというくだりが、この恋塚寺の逸話とそっくりに思われたのだ。

芋づる式に回顧されるのはふた月前のこと。まだ男衆が合流しておらぬ夏の夜、瑠璃は白装束に肌を赤く塗った鬼と相対した。嫉妬に狂い「丑《うし》の刻《こく》参り」を行った鬼女である。

かの鬼の怨恨はまるで、能の演目「鉄輪《かなわ》」をなぞったかのようだった。

古くから伝わる鬼の逸話。今世に顕現《けんげん》した鬼の所以。両者に似通ったものを感じるのは、考えすぎなのだろうか。単なる偶然と捉えてしまう方がよいのか。


――俺は、無実なんや……。


先ほどから何度も、何度も、鬼の訴える声が頭に繰り返されていた。

「……そう、磯六は、無実だった」

「え？」

途切れ途切れの言葉に、錠吉と双子が眉を上げる。ただひとり権三だけは、瑠璃のつぶやきを深刻な顔で聞いていた。

今しがた倒した鬼には何の罪もなかった。

では自分はどうだ。

瑠璃の足は気づかぬうちに止まっていた。

「わっちは……わっちは、正真正銘、咎人《とがにん》なんだ」

権三と四条河原に行ったあの日から、己の内に渦巻いて仕方ない感情。過去の光景が脳裏にまざまざと蘇《よみがえ》っては心を削り取っていく。瑠璃はすべてを吐露《とろ》せずにはいられなかった。

生き鬼となった麗の父、正嗣は、瑠璃と同郷の男であった。彼も瑠璃と同じ産鉄民、滝野一族の末裔だったのだ。

ミズナは瑠璃の生まれ持っての名――したがって正嗣が恨んでいた相手というのは他でもない、瑠璃のことだったのである。

正嗣には明彦《あきひこ》という兄がいた。兄弟はミズナと両親が住む小屋の隣人であった。

「あきちゃん、まさちゃんと呼んで、里でよく一緒に遊んでいたんだ。あの頃のわっちは力の加減がうまくできなかったから、何度も怪我《けが》をさせては嫌われちまってたけど……」

兄弟はミズナを「蛟《みずち》」とからかい、冷たい態度を取りがちだったが、それは幼い童子なら珍しくもないこと。思い返せば二人は親の畑仕事を進んで手伝う家族思いの子どもだった。ミズナに対しても然り、除け者にした後は大抵決まって大人たちに背中を押され、「ごめんよ」と謝ってくれた。

ミズナと明彦、正嗣の兄弟はくっついたり離れたりしながらも、里の大人たちに見守られ、日々を平穏に過ごしていた。そんな毎日がずっと続くのだと、信じて疑わなかった。

あの忌まわしき事件が起こるまでは——。

「皆には、前にもう話したよな。わっちが、同族殺しをしたことを……」

瑠璃は震える手を胸元の刀傷に当てた。

長であった父の言いつけを破り、産鉄民に悪感情を抱く者たちを里に招き入れたこと。その者たちによって同族が襲われたこと。挙げ句の果てに、惨状に耐えきれず飛雷に——当時は邪龍として畏《おそ》れられていた飛雷に助けを求め、体を奪われてしまったこと。

刀傷の向こうにある心の臓は、どっ、どっ、と不如意に拍動を刻んでいた。

「わっちはこの手で、すべてを壊した。愛していた両親、里の皆、すべてを」

だが滝野一族には生き残りがいたのだ。

ミズナは明彦の死を目の当たりにしたが、弟である正嗣の生死は確認していなかった。生きているはずがないと思いこんでいたのだ。

当時、正嗣は七つ。幼子の足で命からがら里から脱出したのであろう。彼が抱いた恐怖は、絶望は、いかばかりであったか。そうして孤独な漂泊の果てに流れ着いたのが、京の四条河原だった。

「正嗣が恨んでいたのは、わっちなんだ」

動悸《どうき》が治まらない。呼吸が荒くなっていくのを抑えられない。

瑠璃は胸元に拳を作った。

「わっちのせいで正嗣は生き鬼に……わっちのせいで、麗は半人半鬼に……」

滝野ミズナは自分の名である。瑠璃は麗にこの真実を明かした。誤魔化すこともできたが、罪の重みにどうしても耐えられなかった。

目の前にいる女こそが父親の仇《かたき》であり、なおかつ自身が半人半鬼として生まれた元凶であると知った童女の衝撃は、言うに及ばず。麗は与茂吉や権三の制止する声も振り切ってどこかへ走り去ってしまった。それまで無表情だった顔に驚きと当惑、激しい憤りを浮かべながら。

「あの子から感じた〝怒り〟は、わっちに向けられたものだったんだ。今になって、こんな……あの時の悪夢が、き、記憶がっ、こんな形で」

「瑠璃さん、落ち着いて」

栄二郎が背中をさすってなだめる。

男衆の誰も、瑠璃を責めなかった。それがかえって辛かった。

「……ごめん。しばらく、辺りを歩いてから帰るよ。少し頭を冷やそうと思う」

そう告げて覚束ない足取りで離れていく頭領を、権三は物思わしげな目で見つめていた。


――わっちの罪は、到底、許されない。

夜道をひとり当てもなく歩きながら、瑠璃は失意の中にいた。

季節は秋に差しかかっていたが、蒸し蒸しとした残暑の熱は今も肌にまとわりついて離れない。目の端に赤色がよぎるので顔を上げれば、遠く東の如意《にょい》ヶ嶽《たけ》には、五山の送り火がともっていた。今は盂蘭盆会《うらぼんえ》か、とぼんやり思う。

〽いんでこ大文字　大文字がともった
もう去《い》んでこと大文字
もう帰ろと大文字

どこか近くで、同じく送り火を眺めているのだろう。幼子と大人が一緒に歌う声が風に乗って聞こえてきた。

阿弥陀如来《あみだにょらい》の光明を送り火という形に表したのは真言密教《しんごんみっきょう》の祖、弘法大師《こうぼうだいし》である。ことに有名な「大」の字には「あまねく」の意が込められているらしい。極楽への道がすべての者にあまねく開かれるようにと、弘法大師は祈ったのに違いない。盆の時期には子孫がいる現世《うつしよ》に戻り、そしてまた安らかな魂をもって、極楽浄土へ行けるようにと。

もうお行きなさいと大文字。

もうそろそろあの世へ、お帰りなさい――。

瑠璃は己の過去を顧《かえり》みた。殺《あや》めてしまった里の者たちは、彼らの魂はどこに行ったのだろう。浄土へと旅立つことができたのか。それともこの世に留まり、自分を恨み続けているのだろうか。

あの惨劇の中から正嗣が逃げ延びたなど、ましてや京に流れ着き、生き鬼となってしまったなどと、どうして想像できただろう。

産鉄民は四条河原の宝来たちと同様に、否、それ以上に世間から苛烈な蔑視《べっし》を受けていた。ゆえに滝野一族は峻険《しゅんけん》な山の中に隠れ里を作った。外部との関わりを極限まで絶った閉鎖的な里。そこに住まう者たちほとんどに血の繋がりがあった。正嗣は瑠璃の父にとって従兄の子ども。したがって瑠璃からすれば正嗣は再従兄《はとこ》に。彼の娘である麗は再従姪《はとこめい》に当たる。

詰まるところ瑠璃にとって麗は、滅んだ滝野一族の中で血縁がある、唯一の生き残りということになるのだ。

肉親も、血縁者も、もう誰ひとりこの世にいないのだと思っていた。麗の存在は、本来なら喜ばしいことであるはずなのに。

——どうして。なぜ人と人との因縁《いんねん》ってものは、こんなにも残酷なんだ。

上空から、ぽつ——と雨粒が落ちてきた。あっという間に激しさを増し、瑠璃の肌を冷たく濡らしていく。暗雲で覆われた夜空には方角を示してくれる北極星すら認めることができない。

瑠璃は不意に歩みを止める。

地面には大きな水溜まりができていた。雨が波紋を生む水溜まり。そこには悄然《しょうぜん》とした己の顔が映っていた。

「……瑠璃よ。なぜ我を責めぬのじゃ」

長らく黙していた飛雷が声を発した。

「責めればよかろう。滝野一族を殺したのは、お前ではなく、我なのじゃから」

これも間違いなく真実であった。瑠璃は己の意思で里を滅ぼしたのではない。飛雷が幼かった瑠璃にささやきかけ、体を乗っ取った上で、暴虐の所業を尽くしたのだ。

しかしながら瑠璃は首を振った。

「お前を責めて、何になる。邪龍だったお前に乗っ取られていたと主張しても、どれだけ里を愛していたと主張しても、わっちが自分の手で皆を殺したことに変わりはないだろ」

「じゃが――」

「それにお前がどうしてあんなことをしたのか、理解してる今となっちゃ責める気持ちは、起こらないよ」

力なく笑った瑠璃の顔を、黒蛇はもの言いたげな目で見ていた。

「なあ飛雷。麗には、お前のことを言うつもりはない。お前も絶対に何も言うな。あの子の心をこれ以上、混乱させたくないんだ。無為に苦しめたくない……だから麗の前では、わっちがすべての罪業を背負う。いいな」

飛雷は沈黙していた。龍神たる飛雷が何を思うのかは、龍神の魂を持つ瑠璃にも推し測ることはできなかった。

篠突《しのつ》く雨が地面の水溜まりをさらに波立たせる。俯いた瑠璃の体をしたたかに打つ。雫《しずく》がしとどに頬を伝い、全身をぐっしょりと濡らしていく。それでも瑠璃はその場から動かなかった。

あの事件の記憶は、悪夢以外の何物でもない。

父母の顔、同族の顔、美しかった故郷の光景が、思い出す端からぐにゃりと歪んでいくようだった。思い出すことを、あたかも無意識の底にいるもう一人の自分が、拒絶するかのように。

——これじゃ駄目だ。

瑠璃は自戒した。過去を否定することは何の解決にもならない。

己の罪にしかと向きあい、そして、麗に償わなければならないのだ。

だが、どうやって——。

過ぎた時間は取り戻せない。たとえ神であっても過去は覆せない。あの里が二度と元に戻らないことも、正嗣が自分を恨んでいたがゆえ生き鬼になってしまったことも、麗が半人半鬼の体に生まれ、額を隠して生きなければならなくなったことも、すべてが事実。すでに起きてしまった事実なのだ。

——わからない……わっちは、この先どうすればいいんだ。どうやってあの子に、償えばいいんだ……。

雨はいずれやむ。この水溜まりも太陽に温められてすぐに消え失せるのだろう。されど胸の内に生じた波紋は、今後もおそらく、消えない。

まるで雨に打たれることが己の義務であるかのように、瑠璃はひとり呆然と立ち尽くしていた。

四

「――り、ちょいとねえ瑠璃ってば、聞いてるのかえ？」

名を呼ぶ声が、瑠璃を黙想から引き戻した。

塒の上階にて露葉は瑠璃の背に薬を塗りこみながら、心配そうに眉を下げていた。

「この間から何をそんなにぼんやりしてるのさ？　お前さんらしくもない。話しててもすぐ上の空になっちまうし」

「……悪い。何の話だっけ」

やれやれといった具合に山姥は肩をすくめる。

「この薬のことだよ。名のあるお医者からもらったって言うけど、これ、本当に大丈夫な代物なの？」

「何で？」

「どんなものがまざってるか得体が知れないというかさ」

そう言って露葉はしきりに塗り薬の入った小箱に目を凝らしたり、匂いを嗅いだりしている。

瑠璃の予想に反し、蟠雪にもらった薬からは診療所で感じた異臭が一切しなかった。それればかりでなく見た目も無色透明で、塗った後も沁《し》みることなくすっと肌に馴染む。そう説明してもなお露葉は不審をぬぐえないらしかった。

「どうもあたしの知らない漢方が入ってるみたいだね。その医者、どんな流派に通じてるんだい」

「さあそこまでは。ただ火の気がどうたらこうたら言ってたけど」

「うーん、大陸由来の流派かねぇ……そんならあたしの専門外だ」

「何にせよ効き目ばっちりなんだからそれでいいじゃねえか。現に治りがぐんと早くなってる」

「じゃあ一緒にもらってきた飲み薬の方は？」

「あれも特に問題ないよ。むしろ甘くて飲みやすいし」

「ふん、だ。どうせあたしの煎《せん》じた薬は苦くて飲みにくいですよ」

さも不服そうにぼやく露葉に、瑠璃はつい苦笑する。

山姥である露葉は野や山に生える草花を用い、薬を調合する知恵に長《た》けている。江戸で鬼退治の任務に就いていた頃も幾度となく彼女の薬に助けられた。しかし年齢ゆえか、今は山姥の薬をもってしても怪我があっという間に完治、というわけにはいかなかった。だからこそ瑠璃は蟠雪のもとへ赴いたのである。

果たして蟠雪に処方してもらった薬は効果てきめんだった。背中の傷が疼くことはもはやない。磯六の鬼から受けた傷も割と早くふさがった。いきおい山姥が自身の役割を奪われたような心境になるのも道理である。

その上、飲み薬には甘みが加えられているらしく、苦い薬が嫌いな瑠璃でも難なく飲める味になっていた。幼子の治療にも携わる蟠雪が味にもこだわって処方したのに違いない。良薬は口に苦しというが、苦くない薬で症状が緩和するならそれに越したことはなかろう。

とはいえ、些か気になることも。

この薬を飲むと決まって体が重ったるくなるのだ。

――そういえば蟠雪先生が言ってたっけ。薬で少しだけ不調が出るかもしれないとか何とか……。

医術において、症状が快方に向かう際、一時的に眩暈《めまい》や頭痛が起こる場合があると考えられている。いわゆる瞑眩反応《めんげんはんのう》というものだ。一説によれば体から不要な毒素が抜ける段階でこの反応がまま見られるらしい。人によって起こる反応はそれぞれだが、瑠璃の感じる倦怠感《けんたいかん》もおそらくはこれが原因なのだろう。

昼どきに薬を飲んだ影響か、日が落ちた今もまだ気怠さが残っていた。露葉に聞こえぬよう、瑠璃は静かにため息をこぼす。

——今日は鬼退治の予定がなくてよかった。だるくなっちまうのは困りものだけど……まァ何にせよ、傷が治ってるならよしとするか。

と、何気なく部屋の隅に視線を投げる。

そこには飛雷がとぐろを巻いていた。起きているのだろうが顔を壁側に背けたまま、黒蛇は一言も声を発しようとしない。

瑠璃も沈んだ気分で黒蛇を一瞥《いちべつ》し、やはり、何も言わなかった。

「はい、お終い。ちゃんと塗っといたよ」

ぺちん、と露葉が剥き出しの背中を叩く。

「痛《い》でぇッ」

「ふふん、お医者の先生の薬があれば痛くないんだろう？」

「露葉、お前なあ——」

「さあ下に戻るよ。お恋たちを待たせてることだしね」

口をすぼめる瑠璃に対し、露葉は涼しい顔で微笑んでみせた。

一階の居間には馴染みの妖たちが勢揃いしていた。全員、いかにも退屈といった様子でごろんごろんと畳に転がっている。

「あ、やっと来たっ」

露葉が下りてくるのを見るや、お恋が勢いよく起き上がった。

「さァさ皆さん、起きて起きてっ。これで全員そろいましたね？　お日さまも暮れたことですし、いざ百鬼夜行に行きましょうっ」

「よし来たあッ」

狸の号令を受けて妖たちは一斉に色めき立った。自前の酒瓶や猪口《ちょこ》を手に和気あいあいと目を輝かせながら、ひとり、またひとりと塒を出ていく。

「じゃあ行ってくるね、瑠璃さん」

長助がにっこりと笑顔を向けてきた。片や瑠璃は微妙な表情だ。

「何だかお前たちだけだと心配だなあ……やっぱりわっちもついていこうか」

「駄目ですよ、百鬼夜行は妖だけのヒミツの催し物なんですから」

そう声を上げたのは白だ。

何でも百鬼夜行の宴では、妖たちが知恵を出しあって人間への悪戯を画策するのだという。人好きな妖のことだ、悪戯といってもせいぜい夜道にわっと飛び出して驚かせる程度の、可愛らしいものなのだろうが。

「大奥が男子禁制なら百鬼夜行は人間禁制ってとこですね。ま、龍神の生まれ変わりが人間かどうかは意見が割れるかもしれませんけど」

「わっちは人間だっつうの」

白猫をじとりと睨みつつ、瑠璃は次の言葉を探す。

いかに妖がさしたる影響を受けないからといえ、邪気が蔓延《まんえん》しつつある京の、さらに自分の目の届かないところへ夜間に向かわせるのは気がかりだった。

「じゃあさ、せめて門限を決めよう。子《ね》の刻までに戻ってくるってのはどうだ？」

するとは白は露骨に嫌な顔をした。

「えぇーっ。何ですかそれ、箱入り娘じゃあるまいし。子の刻なんかに帰った日には京の妖たちにお子ちゃまだって笑われちゃいますよ」

「瑠璃って変なとこで心配性なのねえ。腹立たしいことこの上ない話だけど、妖鬼とやらはもう完成されちまってるんだろう？　だったらあたしらの心配はいらないじゃないか。第一この家だって同じ一条通にあるんだから、戻ろうと思えばすぐに戻れるわよ」

こう露葉が呆れた調子で言うものだから、瑠璃は不承不承といった面持ちでようやく頷いた。

玄関先まで出て妖たちの楽しげな背中を見送ってから、今度は奥の間に向かう。襖を開けるとそこには行灯《あんどん》がともされ、男衆が輪になって座していた。

「ああ瑠璃さん。妖たちは、もう出ていきましたか」

「うん。案の定わっちの話なんて聞きやしない。こんな時に遊びに出かけるなんて、妖ってなつくづく呑気なモンさ」

瞬間、錠吉の目に神妙な色が浮かんだ。

しまった——言い方を誤ったと瑠璃はすぐさま後悔した。「こんな時」というのは京に変事が起きていることを意味したつもりだったのだが、錠吉はおそらく、瑠璃の現在の心情に思いを致したのだ。

ちらと見やれば双子も権三も、錠吉と似たような表情をしていた。

——またか……。

罪の懺悔《ざんげ》をして以来、男衆は明らかに瑠璃に気を遣っていた。腫れ物に触るような態度ではないにせよ、何と声をかければよいのか、どう接するのが正解かと迷っているのに違いない。だがそれは断じて瑠璃の本意ではなかった。

——情けないねわっちは。皆にこんな顔をさせちまうなんて。

普段の生活に鬼退治など、他のことなら男衆に頼る手段もあろう。されど今回に限ってては彼らはまったくの無関係だ。

己の罪は、己だけのもの。

償いは、己だけに課せられるべきものである。

瑠璃は重い心持ちに蓋《ふた》をした。

双子の青年に挟まれる格好で輪の中に加わる。

「……で？　みんな京を満喫しがてら、色々と調べを進めてくれたんだろ？　さっそく首尾を聞かせてもらおうじゃないか」

強気な声音を作ってみせる。

すると、権三がしばしの沈黙を挟んでから口を切った。

「不死に、妖鬼に、陰陽道……耳馴染みのないことばかりで調べるにしても一体何から調べたものか、かなり迷いながらでしたけど。そもそも事の発端は何だったのか、まずはそこから探ってみようと考えたんです。それでわかったんですが、京に怪異が起こり始めたのは、どうも祇園会が最初ではなかったようでしてね」

「どういうことだい」

「瑠璃さん、京に張られた結界の話はもうご存知ですか」

「ご存知も何も、四神の結界のことだろう？」

権三は首肯しつつもこう二の句を継いだ。

「ええ、ですがそれだけじゃない。市井に伝わる話によると、結界は、まだ他にもあったそうなんです」

平安京への遷都《せんと》を決断した当時の帝、桓武《かんむ》天皇は唐《とう》の都《みやこ》である長安《ちょうあん》を模して碁盤の目状の路地を通し、なおかつ京の地に幾重もの結界を張り巡らすよう勅《ちょく》を下した。過剰なまでに厳重な布陣を求めたのは、公卿《くぎょう》暗殺の首謀者であるとの疑いをかけられ、言い分を聞き入れてもらえぬまま死した早良《さわら》親王の祟りを恐れたからといわれている。いつの世も祟られる側は己を省《かえり》みるのでなく、祟りから身を守ることに心血を注ぐものらしい。

黒雲にとってはすでに馴染みの「四神相応」――青龍、白虎、玄武、朱雀の神獣が織り成す結界。比叡山《ひえいざん》に繋がる「鬼門」の結界。愛宕《あたご》山に繋がる「神門」の結界。他にも「大将軍」の結界、さらには平安京の完成前から存在した「稲荷《いなり》山」の結界、とこれら五つを主要な結界陣とみなすことができるそうだ。

「けれど三年前……大火事が起こってからというもの、京の結界が次々に失われてしまっているんです」

大火事とは、京を火の海に変えた「団栗焼《どんぐりや》け」のことだ。

「鬼門、神門、大将軍。これら三つの結界がすでに失われているのは、ほぼ間違いありません」

「なぜそう言いきれる？」

片眉を上げる瑠璃に対し、今度は錠吉が話を引き取った。

「思い当たりませんか。俺たちが京に来る前、あなたは丑の刻参りの鬼を退治したと言っていたでしょう」

「ああ。浮気モンの夫を呪って、自分も憤死しちまった女子だったが――」

と、閃《ひらめ》きが下りてきた。

あの場所は大将軍八神社。つまり大将軍の結界の、要《かなめ》と言うべき場所だったのではないか。

「あそこに鬼が現れたのは、結界が働いていなかったから。そういうことか」

「そのとおりです。魔を弾く結界の、さらに要ともなる地に鬼が近づけるはずもありませんから。その他、比叡山の延暦寺《えんりやくじ》にも鬼が出没して僧侶を惨殺したといいますし、愛宕山にも鬼の目撃情報があるそうで」

「結界が次々と失われていくにつれて、鬼の出没もいきおい増えていった、と」

「そう考えるのが自然でしょうね」

しかしながら疑念が頭をもたげてくる。

およそ千年もの長きにわたって京を強固に守り続けてきた結界が、なぜ今になって働かなくなってしまったのか。

「火事が起こって以降のことだってんなら、団栗焼けが関係してるのか……？」

「いや、たぶん火事は直接の原因じゃない」

こう答えたのは豊二郎と栄二郎の兄弟だ。

「京は団栗焼けの前にも何回か大火に見舞われてるけど、それで結界が崩れることはなかったみたいだしね」

二人は腕組みをしながら結界師としての見解を述べた。

当然ながら結界というのは、そう易々と崩れるものではない。でなければ張る意味もないだろう。とりわけ京の結界は平安京で選《よ》りすぐりの陰陽師や密教僧たちが張ったものだそうで、相当な力が込められていたと推すことができる。火事や地震などの天災が起ころうとも揺らがない。それが京の結界陣だったはずだ。

「だけどもし、誰かが明確な悪意をもって壊そうとしたなら、話は変わってくる」

強力な術を会得した、何者かが――。

下手人の正体は考え巡らすまでもない。

「夢幻衆か……」

要するに三つの結界は、夢幻衆の手により破られたと見てまず間違いないということだ。

瑠璃は眉間に皺を寄せた。

「もしかしたら夢幻衆は、陰陽術を使って京の結界をすべて破壊しようとしてるのかもな」

結界は残すところ「稲荷山」の結界陣と、「四神」の結界陣のみとなった。

中でも四神の結界は特に堅牢なものと目されている。雄大なる自然そのものを核とする結界なのだからそれも納得だ。四体の神獣には人智を超えた膨大な力が秘められているとして、平安京の時代から最も重要視されてきた。

その四神を模した「裏四神」なるものを生み出したからには、夢幻衆の最終的な狙いはやはり、四神の結界と睨んで相違なかろう。

さりとて疑問は尽きない。

「京の結界を破壊していくのと、不死が、どう繋がるって言うんだ……？」

「鴨川にいきなり現れた柱だって謎のままだよな」

瑠璃も男衆も一様にうなり声を漏らすばかり。

「そうですね。あの柱についてもおいおい調べなければなりませんが……」

言いつつ錠吉は、何やら別のことを思惟《しい》している様子だった。

ちなみに、と凜々しい顔をわずかにしかめる。

「五つの結界はいずれも平安京を守るために張られたものです。しかし安徳さまに尋ねたところ、平安京という〝土地〟を守るというよりかは、平安京におわす〝帝〟を守るため、という意味あいが強かったとか」

「みっ……帝、ねえ……」

瑠璃の頬を苦い笑いが掠《かす》めた。権三や双子も然り、引きつった顔で視線を交わしあっている。

――まさか、ここにきてまた帝が関係してくるのか？

それだけはごめんだ、と瑠璃は口をへの字に曲げる。

寛政《かんせい》の今、御所に座しているのは忘れもしないあの兼仁《ともひと》天皇だ。かつて黒雲と帝には深い因縁があった。帝こそが幕府転覆を謀《はか》り、江戸城での決戦を引き起こした、鳩飼い側の黒幕だったのである。

「まあ、そういう顔になるのも無理はありません。天子さまは俺たちにとって天敵みたいなお方でしたからね」

「錠さんてほんとはっきり言うよね。今は俺たちしかいないからいいけど」

栄二郎に突っこまれようが錠吉の表情は変わらない。

いわく、先の大火により御所を焼失した帝は、新たな御所の造営を巡り幕府と金銭面で揉めていたそうだ。対する幕府は老中、松平定信《まつだいらさだのぶ》の推し進める倹約令にのっとり、帝の要望であろうがおいそれとは応えがたいと一向に折れず、両者はまたも火花を散らした。

さらには世に尊号一件といわれる問題を起こしたり、公家に学問を奨励して力をつけさせたり、自らも積極的に祭祀《さいし》を行ったりと、帝は今なお禁裏《きんり》の権力を再興すべく奮闘しているのだという。

——そういや蓮音も、幕府から帝に使者が送られてるとか言ってたな。

幕府としては強情な帝をなだめすかすために、使者を送らざるを得ない状況なのかもしれない。

あんたさんにお構いできるほどの暇もないんよ——。

途端、瑠璃は何やら胸がむかむかとしてきた。かつての敵である帝に、皮肉めいた蓮音の言葉を思い出してしまったからだろうか。

「おい瑠璃、どうしたんだよ。気持ち悪いのか？」

右隣の豊二郎が顔をのぞきこんでくる。

「ああいや何でもない……。いずれにしろ、帝のことはいったん頭の片隅にやっとくとしよう。まだ夢幻衆の計画だって詳《つまび》らかになってないことだし。な、権さん？」

「同感ですね。俺たちが追っている怪異と天子さまを結びつけるのは、さすがに強引というものでしょうから……天子さまもおそらく、昔の痛手をお忘れになってはいないはず……たぶん、はい」

渋い顔で濁してから、権三は「そうだ」と思い出したようにこちらを見た。

「こないだ、今宮社のあぶり餅を食べに行った時なんですがね」

また美味《うま》いもの巡りをしていたのか、と瑠璃は言いかけたがやめにした。

「行きしなに船岡山《ふなおかやま》の横を通ってみたものの、不穏な気配がまったく感じられなくて」

「そんな馬鹿な。あそこには今も裏玄武がいるはずなのに」

「邪気どころか清々しい雰囲気の山でしたよ。なあ豊」

「おう。ひょっとしたら裏玄武は、どこかに移動しちまったのかもな」

ずし、と胸がいっそう重くなる。

祇園会の日に出現したのも束の間、裏玄武は夢幻衆の命により地中に潜った。瑠璃が訪れてみた時、船岡山には確かに濃い邪気が漂っていたのだが、あれは残り香のようなものに過ぎなかったのかもしれない。

もし本当に、裏玄武が地中を移動しているのだとしたら。

次はどこに現れるのか予想のしようもないではないか。

ぐらり、ぐらりと、頭が揺れる。小難しい話に脳を酷使し続けたせいだろうか、胸や頭ばかりでなくいつしか全身に倦怠感がまわっていた。まるで水中に長く潜ってから地上に顔を出した時のように、体がずっしりと重たい。

だるくて、熱く疼いて、たまらない——。

「えっ。る、瑠璃さん……？」

何も言わず肩にもたれかかってきた瑠璃に、栄二郎はたちまち顔を赤くした。

「急に何——ってちょっと、何この熱っ」

「だい、じょう、ぶ」

瑠璃の額に手を当てがい、尋常ならざる熱を感じ取るや否や、青年の顔は一転して蒼白となった。

「大丈夫なんかじゃないよっ。何だってこんないきなり……」

「おい豊、井戸から水を汲んで来い。錠は布団の支度を。俺は露葉を呼びに行く」

権三が慌てて指示をしていくさなか、次なる異変が起きた。

「ああ、は、あ——」

何と瑠璃の体から湯気が出始めたのだ。腰を浮かしていた男衆は思わずそのままの格好で停止する。

しゅうしゅうと立ちこめる湯気。荒くなる一方の呼吸。瑠璃の顔がいよいよ苦しげに歪んだ瞬間、

「え、嘘」

男衆が唖然《あぜん》と見つめる中、瑠璃の体は徐々に縮み、着物の大きさと合わなくなっていき——ついには正座した栄二郎の座高と、ほぼ変わらない背丈になってしまった。

「えええええッ」

「何これ、何？　どういうこと？」

一方で瑠璃は栄二郎の膝からゆっくりと頭を持ち上げた。

「うう、しんどかった」

急激に熱が上がったせいで一瞬だけ意識が飛んでいた。ともあれ倦怠感はもう感じない。

また眼眩反応とやらか、とぼやきつつ視線を上げる。

「おっといけねえ、着物が乱れちまってた。というか栄、何かでかくなったか？」

「……」

「……え？」

見れば男衆が四人ともいつもより大きく感じられる。権三に至っては奈良の大仏のごとき威圧感だ。部屋の調度品も大きさが変わっているし、天井はこんなに高かっただろうか。

次いで己の左手を見やった瑠璃は、絶句した。

幼子の手である。

ぺたぺたと全身に触れてみる。どこもかしこも自分のものではないかのようだ。肌の柔らかさや張りも段違い、胸は——元よりそこまでではなかったが——絶壁さながらに膨らみが皆無である。

「え、え」

何も考えられぬまま立ち上がる。ぶかぶかになった単衣を引きずりながら、部屋の隅にある鏡台へと走り寄る。

　これは、夢を見ているに違いない。

　鏡台の前に立った瑠璃はそう思わずにはいられなかった。

　鏡の中に立ち尽くしていたのは五つかそこらの、幼い童女であった。長い沈黙を経てそれが自分自身であると察するや、瑠璃はすっ、と息を吸いこんだ。

「ぎゃあああああッ」

「瑠璃さん気をしっかりっ。夢、そうこれは夢っ。目をつむって深呼吸すれば——」

「ばか栄、現実だよっ」

　右往左往する瑠璃と双子。常に恬淡《てんたん》としているはずの錠吉も、最年長である権三も、幼くなった瑠璃を見たまま開いた口がふさがらない。

　とその時、混乱の渦中にさらなる参加者が飛びこんできた。

「うぃーっ。がしゃさまのお帰りだよっとォ」

「ああ愉快、愉快。京の妖もみんな酒好きだよなぁ。江戸でも百鬼夜行を企画してみたら楽しいかもな？　おいがしゃ、追加の酒を持って早く戻ろう」

　がしゃと油坊は上機嫌に肩を組んでいたが、

「おぉん？　何だおめえら、ずいぶんと賑やかじゃねえか。また瑠璃が虫でも見つけちまったかあ？　かかか」

「ところでそのおチビさんは誰――」

奥の間にいる男衆を、そして童女へと視線を移し、はたと足を止める。

「は？　その着物って、瑠璃？　……お前って、瑠璃？」

「瑠璃はん、おるっ？」

そこに重なったのは宗旦の声。またも閑馬と連れ立ってきたらしいが、がしゃたちとは違って何事か慌てた風である。

「あれっ、男衆の皆さんだけどすか？　とにかく大変なんです、この前お話ししたお医者ですが――」

しかし例に漏れず、宗旦と閑馬も幼くなった瑠璃を見るや立ちすくんだ。

「ひぃっ……瑠璃はんが縮んでもうとる。可愛いけど何で？　怖いよう閑馬先生っ」

「ど……っ、どど、どういう……？」

「おぬしら、先刻から何を騒いでおるのじゃ。騒々しくて寝られんわい」

最後に飛雷がするすると階段を滑り降りてきた。

わめき続ける瑠璃、双子、閑馬、そして妖たち――ところが飛雷はさすが古《いにしえ》の時を生きる龍神と言うべきか、蛇の両目で平然と現場を眺め渡す。ややあって事態を察するや「ふむ」と頷いてみせた。

「まじないじゃな」

「……まじない？」

硬直からようやく解けた錠吉と権三が聞き返す。

「左様。誰かに呪いをかけられたのじゃろうて」

言うなり飛雷は畳を這い、瑠璃の体にするすると巻きつき始めた。

「ぎゃあああ――」

「騒ぐな瑠璃。これしきで平静を失って何とする」

ひとしきり瑠璃の体をなぞって確かめると、

「おい閑馬。おぬし、今しがた医者がどうとか言うたな。何が大変なのじゃ」

「はッ。そ、そうや、大変なんや。実はうちの近所でようない噂話を聞いて」

「噂とな？」

ひょっとすると甚太の病状が悪化したのは、蟠雪の処方した薬を飲み始めてからではないかと――。

「よう調べもせんと紹介状を渡してしもうたさけ、瑠璃さんに何かあったらどないしようと思って、それで慌てて様子を確かめに来たら、こんな」

「なるほど。どうやら一服盛られたようじゃな瑠璃」

「何っ？」

少しずつではあるが冷静になってきた瑠璃は、怒りに声を尖らせた。とはいえ声まで幼くなってしまっているため凄みはまるでない。

「何がしかのまじないが、お前の体内に溜まっておる。幼子の体になったのはそのせいじゃ。昔のお前なら何ということはなかったかもしれんが、やはり治癒力が衰えたの。呪薬を体の外に出しきれなかったと見える」

「呪薬、って」

あの飲み薬か。

瑠璃はギリギリと歯噛みした。

「くそったれ、あの変態ど腐れ爺《じじい》……」

「じ、爺？　って、誰のことどす？」

幼子の毒舌に閑馬は目を白黒させた。

「決まってんだろ。蟠雪だよ」

「でも瑠璃さん、甚太の両親の話やと、蟠雪先生は二十五ォらしいですよ？」

「はあっ？」

どこをどう見ても六十がらみの老人だったのに。だが不意に思い出す。蟠雪の、声だけはやたらと若かった。何らかの呪術で見た目の年齢を変えていたのだろうか。

「ちぃっ、どうすりゃいいんだ。いつまでもこの体じゃいられねえ。おい飛雷、龍神の力で何とかならねえのか？」

「悪いが無理じゃな」

唯一の望みがあっさり絶たれ、瑠璃は焦りを募らせた。

これまで何度となく鬼と接し、妖と接し、奇異な出来事に慣れっこのはずではあったが、このような災難はあまりに理解の範疇《はんちゅう》を超えていた。幼子の体から大人の体に戻る方法などむろん見たことも聞いたこともない。時間が経てば自然と元に戻れるのか。悪くすると一生、このままなのでは。

――冗談じゃねえ……。

そう青ざめた時だ。

「る、瑠璃はん」

おっかなびっくりといった具合に声を上げたのは宗旦だった。

面持ちはやはり困惑気味であるものの、妖狐の眼差しは、いつになくきりりとして見える。

「おいらに、任して」

「任してってお前、このまじないを解けるのかっ？」

妖狐はふるふるとかぶりを振った。

「ううん、おいらにはでけへん。でも、おいらの知っとるお方なら、きっと」

言うと宗旦はなぜか油坊、そしてがしゃの頭蓋骨を、意味ありげな目で見つめた。

五

日ノ本にあまた点在し、人々の暮らしを見守る稲荷社。その総本宮となるのが京の南方に堂々たる存在感を誇る、伏見稲荷大社だ。

各地の稲荷信仰はすべてここから広まった。大社は平安京が遷都されるよりも前から伏見の地にあるという。五穀豊穣、無病息災、商売繁盛、と人が思いつく限りの願いを叶えてくれると伝わる、霊験あらたかな地なのである。

宗旦はこの地へと瑠璃たちを誘《いざな》った。

何でも伏見稲荷大社のさらに奥、稲荷山のてっぺんに鎮座する稲荷大神であれば瑠璃の体内に滞った呪薬を抜けるかもしれない、とのことであった。神なる存在に会うこととなった瑠璃たち黒雲は当然ながら戸惑い、かつ恐縮した。ところが宗旦は「優しいお方やさけ大丈夫」と主張して退《ひ》かない。

どうやら稲荷大神は、宗旦にとっての母なる存在らしかった。

「言うてもおいらだけやなァて、日ノ本に棲《す》む狐、妖狐、稲荷神、みんなにとってのおっ母《か》さんやけど。それはそれは偉い神さんなんやよ」

「へえ、そいつは会うのが楽しみだな」

稲荷山の頂上への長い階段を踏みしめながら、感服したように油坊が相槌《あいづち》を打つ。

「……んで、その大神さまとやらのとこへ行くのに、何だって俺の〝頭〟が必要なんだよ？」

油坊が脇に持つ頭蓋骨――がしゃの頭部が、カタカタと不満げな声を漏らす。

おいらに任して。そう請けあった宗旦は、がしゃと油坊にも稲荷山への同行を求めた。もっとも髑髏に関しては頭蓋骨だけで事足りると言うので、がしゃは己の頭蓋骨をかぽっと取り外し、首から下は踊るような足取りで百鬼夜行へと戻っていった。世にも不思議な髑髏は、たとえ頭と体が分離しようともぴんぴんしているのが常なのである。

「体だけ百鬼夜行に戻っても肝心の頭がないんじゃ酒が飲めやしねえ……ひゃあ誰でい、あばら骨を舐めてんのは。きっと白の奴だな、ひゃひゃ、やめろよォ」

離れていても体の感覚が伝わるらしく、頭蓋骨はくすぐったい声を揺らす。

「……がしゃはんの頭については後で入り用になった時に詳しく説明するよ。ところで油坊はん、そないな格好をしとるゆうことは、やっぱ修験道《しゅげんどう》に通じてはるん？」

「いや、昔々に人間の山伏と仲よくなってな。山暮らしにはちょうどいい装束だと思って着ているだけさ」

「そうなんや。うーん、まァ形だけでもかめへんかな。今から会わせるお方はお坊さんが苦手やさかい、〝儀式〟をする時は錠吉はんやと駄目なんや」

そう言って宗旦は後ろを顧みる。

「おぉい、みんな、大丈夫？　全員ついてきとる？」

曲がりくねった階段の遥か下方にいたのは黒雲の面々だ。額に汗を浮かべつつ階段を上がる男衆の中心で、幼くなった瑠璃はことさら疲労困憊《こんぱい》し、ぜえぜえと肩を上下させていた。

「ちょっと、待っ……なあ宗旦、あとどんだけあるんだよ」

「さっき四ツ辻を過ぎたばかりやさけ、大体あと半分くらいかなあ。むしろこっからが本番やよ」

ひゅっ、と引きつった音が幼子の喉から発せられた。

まじない入りの呪薬による変化は見た目の年齢だけに止まらなかった。体力が、格段に落ちているのだ。

五歳の頃の瑠璃は日ごと山中を駆けまわって遊ぶほどの体力を有していたが、若返ったからといってその頃の体力に戻るわけではないらしい。

「おそらくは呪薬の作用で、体力まで奪われてしもうたのじゃろ」

階段の脇を這い進みながら飛雷が推察する。平素なら瑠璃の腰に巻きつくのだが、小さな体に黒蛇は重すぎた。

と、前方からがしゃが笑い声を響かせた。

「かっかかかっ。まさかチビ瑠璃を拝める日が来るなんて、世の中にゃ奇天烈《きてれつ》なことが起こるモンだなあ?」

「お前が言うのか」

「その浴衣《ゆかた》、よおっく似合ってるぜ?」

からかう調子で言われ、瑠璃は己の着物に目をやる。

今着ている浴衣は権三が急いで用意してくれたものだ。ちょうど懇意にしている八百屋に幼い童女がおり、そこから浴衣を借りてくることができたそうだ。が、この浴衣というのが薄桃色にやたら大きな花柄をあしらったもので、二十六の女が着る代物では到底ない。文句を言える立場にないことは承知しているものの、瑠璃自身この柄が自分の性にあうものではなかろうとこっぱずかしさを感じていた。

「そんなに焦って戻らなくても、しばらくそのままでいいんじゃねえ？　大人のお前はそりゃべっぴんだが可愛げは皆無だからなァ」

「やかましいわ骨野郎。そもそも可愛げなんてのはな、男が女にこうあってほしいっていう勝手な幻想だ。そんなモンを今さらわっちに押しつけるんじゃねえよ」

「そっ、そのナリで正論ぽいこと言うなよう……」

幼子の目に剣呑な光が兆《きざ》しているると見たのだろう、髑髏はたじたじといった塩梅で引き下がった。

「瑠璃さん、少し休もうか」

「俺たちにもこの階段はきついけど、今のお前にゃなおさらだろ」

栄二郎と豊二郎の提案に、瑠璃は天の助けとばかり頷いた。

「悪い、そうさせてもらえるとありがたいよ。この短い足で塒から伏見稲荷大社まで一刻近くも歩いて、その上こんな階段をのぼってくのは、さすがにしんどい」

「さあ竹筒を。しっかり水を取っておきなさい」

すると錠吉に続いて権三が、

「まったくあなたも意地っ張りですね。おんぶしようかと言っても絶対にうんとは答えないんですから」

「だって……」

苦笑いを浮かべる権三に対し、瑠璃は困り果てて唇をすぼめた。

権三の広々とした背におぶってもらえればどれだけ楽だろう。しかし男衆はみな小さくなってしまった自分を案じ、予期していなかった登山にも快《こころよ》く同行してくれたのだ。さらなる負担をかけるのはどうにも躊躇《ちゅうちょ》される。意地っ張りと言われてもぐうの音も出なかった。

とはいえ、これは理由の一つに過ぎない。

——おんぶなんかしてもらった日にゃ、本当に子どもと変わらないじゃねえか。がしゃの奴はきっと後々まで語り草にしてからかうに決まってるし、そんな恥ずかしいこと、絶対にできない……。

はあ、と嫌気の差す顔で行く先を見やる。

山の中には闇が広がっていた。夜目が利くので進むこと自体には支障がないものの、夜分に初見の山を登るのはさすがに腰が引けてしまう。何しろここは、いわゆる普通の山ではないのだから。

稲荷山の参道に延々連なる、朱塗りの鳥居群。浮世から神の座す頂上、言わば幽冥界への関門として立ち並ぶ鳥居は全体で一万基もあるとされている。さながら朱色の隧道《ずいどう》を進むかのごとき様相だ。古代から朱は生命力の象徴、魔に対抗する色とされているのだが、これだけの数の鳥居を夜に見ると、朱色こそが魔の象徴なのではないかと思えてしまう。

右方へと目をやれば、小さな祠《ほこら》や狐の石像がびっしりと山の傾斜を埋め尽くしているのが見えた。それらの間を時折さっと何かが通り抜ける。猿か猪か、あるいは別の何かか——。

昼間であれば中腹にある茶屋で一休みし、参拝客と軽く世間話をしながら豊かな自然を愛《め》でることができるのだろうが、当然ながら夜間の山に人気《ひとけ》は皆無。杉の木が鬱《うっ》蒼《そう》と茂る参道には月光も朧《おぼろ》にしか差しこんでこない。連なる鳥居を赤黒く際立たせているのは、所々に提げられた吊り灯籠《とうろう》の炎だけだ。

——ここは、夜に来るべき場所じゃなさそうだな。

左手に流れていく水の音が深閑とした空気の中でいやに大きく感じられた。こちらの感覚が鋭敏になっているからだろうか。突如として聞こえる鳥の羽ばたき。鴉なり梟《ふくろう》なりであってくれ、と瑠璃は念じる。得体の知れぬ魔物が両脇からこちらを見ているような想像に囚われるのは、夜の山という非日常がそうさせるからなのか。

男衆もちらちらと視線を巡らせ周囲を気にしていた。

「あのよ、さっきからずっと気になってたんだけど」

豊二郎が目だけを動かしながら言う。

「この時分にゃ他に人はいないはずだよな。何で、吊り灯籠に火がついてるんだ」

「兄さんやめて。考えないようにしてたんだから」

栄二郎の意見に錠吉も権三も黙って同調する。

いくら鬼退治の経験に富んだ彼らであっても、こうした自然の妖《あや》しさに気圧《けお》されるのは人間の本能と言えるだろう。

「……そろそろ行くか」

気を緩めれば魔に足を掬《すく》われる気がして、瑠璃は我知らずぞっとした。

歩けども歩けども、鳥居はどこまでも遠く続いて途切れることがない。朱色が目の端に次々と流れていくに従い、何やら眩暈がしてきた。階段を踏みしめる感覚がぼやけていく。雲を踏んでいるかのような感覚だ。上っているのか、はたまた下っているのかも判然としない。

——神の棲む山……。

瑠璃は浅い呼気を吐きつつ、くいと視線を上げる。朱塗りの鳥居は幼子の体に畏怖《いふ》すら感じさせた。休憩を挟んでどれだけ進み続けたのだろう、異界へと繋がっているかのごとき鳥居は、それでもなお終わらない。

やがて一行がおせき社を通り過ぎようかという時だった。

「うわあッ」

後方にいた双子が唐突に叫んだ。

急いで見返れば、双子の目には恐慌が差している。

二人の眼前をゆらり、と火の玉が横切るのを瑠璃は見た。油坊が出してみせる火の玉ではない。

本当に魔物が現れたか。

緊張の走る黒雲だったが、果たして火の玉は、魔物などではなかった。

「ふん。見知ったツラだと思うたら」

五つの火の玉は独りでに宙を滑り、瑠璃の前に着地する。

「まあ久しぶりじゃないの。みんな元気だった？」

「江戸の外でまた会うとはなっ、がはは」

「こま坊は？　一緒じゃねえのか？」

「ねえ花魁さん。どうして京にいるの？」

矢継ぎ早に言い立てる怪火――それらの正体は、かつて黒雲が根城としていた吉原を守護する五体の狐。

開運《かいうん》、榎本《えのもと》、玄徳《よしとく》、明石《あかし》、九郎助《くろすけ》たち吉原稲荷がまとう、狐火であった。

「どっ、どうしてって、そりゃこっちの台詞《せりふ》だよっ。何でお前たち江戸の稲荷神がここにいるんだ」

「このお山の頂上で稲荷神の会合が開かれるからさ」

目を点にする瑠璃たちをよそに、九郎助はさも当然といった口調で返す。

聞けば年に四回、季節ごとに日ノ本中の稲荷神たちが一堂に会し、狐の首領である稲荷大神に謁見するのだという。吉原大門のそばにある玄徳稲荷にはここ稲荷山に通じる穴が開いており、そこから連れ立ってきたのだと九郎助は言った。

会合ではそれぞれが守護する地に異変がないか、異変があった場合はどのように対処したかを報告しあい、最終的に稲荷神としての位を上げるか否かを大神が判断するのだとか。

「実は黒雲の皆と一緒に戦った、江戸城での功績が認められてね。おいらたち吉原狐も無事に昇進できたんだよ」

「昇進って……奉行所や幕府の仕組みとそう変わらないじゃないか」

昇進制度のみに止まらず、異動や左遷《させん》といった仕組みまであるというから狐の世界も案外、人間くさいものである。

と、ここで一つ疑問が湧いてきた。

「なあ九郎助。今のわっちの姿を見ても何とも思わねえのか？　かなりの激変だと思うんだけど」

「ああ、小さくなったなとは思ったけど、匂いも魂の形も変わってないし特に何も」

「そういうモンなの……？」

妖ですら驚愕していたのに、こと神にとっては見た目の年齢が若返るという珍事すら些末《さまつ》なことなのだろうか。瑠璃たち一同は返す言葉もない。

「じゃあそんなわけで、会合に遅れちゃうからもう行くね」

「こま坊にもよろしく言っといてくれよっ」

再び姿を狐火に変えるが早いか、吉原狐たちはひゅうと軽々、鳥居をくぐり抜けていった。

「す、すごいなァ瑠璃はん。吉原稲荷の方々と知りあいやったん」

「知りあい……うん、まあそうだな」

宗旦は狐火が飛んで行った方向を羨望の眼差しで見つめた。

「ええなあ。おいらもいつか、あんな風になりたいなあ」

「稲荷神に、か?」

妖狐はこくんと頷いた。

「おいらは普通の狐より長生きで人に化ける力もあるけど、神通力《じんつうりき》は使えへん。神通力を使えるんは、狐から妖狐に、ほんで妖狐から稲荷神に昇格したモンだけなんや」

どうやら狐と言っても十把一絡《じっぱひとから》げにはできないようだ。

常ならず興奮した様子で、宗旦は稲荷神への憧れを語る。片や瑠璃は妖狐の話を微笑ましく聞きつつも、まだまだ終わりの見えない鳥居群を一瞥すると、再度げっそりとしてため息をこぼした。


永遠に続くのではと思われた道のりを互いに励ましあいながら進み、一行はどうにかこうにか稲荷山の頂上、一ノ峰に辿り着くことができた。

が、瑠璃たちは階段を上りきるや否や一斉に目を瞠った。

「何だこりゃ……」

頂上の開けた場所には無数の狐火が漂っていた。社の屋根に木の上、どこを見ても狐、狐、狐だらけ——赤い前掛けをして揺らめく炎を身にまとった稲荷狐たちは、その数ざっと万を超えているだろうか。目を凝らせば先ほど再会した吉原狐たちの姿が奥向こうに見える。

細身の狐。ふくよかな狐。武士よろしく二本差しを佩《は》く狐に、大きな小判を持つ狐、と同じ狐でも見た目は多種多様だ。

この光景に圧倒されていると、ひときわ大きな体をした狐が声を響かせた。

「ではこれより、定期会合を行う。皆の衆、整列っ」

号令を聞いた稲荷神たちは寛《くつろ》いでいた姿勢を正し、ぴしりと列をなす。

一瞬にして張り詰めた空気に瑠璃たちも思わず居直った。

やがて奥の暗闇がゆらゆら歪み始めたかと思うと、どこからともなく御簾《みす》が立ち現れた。まるで平安の公家が座しているかのような優雅さだ。と言っても、人間が使う御簾より優に十倍は大きい。

――あの奥に、神がいるのか。

固唾《かたず》を呑んで見つめる中、御簾がゆっくりと巻き上げられていく。

瞬間、瑠璃たちはさらに仰天した。

「よう揃うたな、愛する我が子たち。ではいつものように始めよか」

「……なっ……」

何という迫力か。驚嘆する声は、唖然とするあまり喉につっかえて出てこない。

御簾の内には天を見上げるほど巨大な黒い狐が寝そべっていた。全身を覆う輝かしい黒毛。吊り上がった細い目の奥に光る、万象を見透かすかのごとき瞳——これぞ日ノ本各地の稲荷神を統べる、狐の首領。稲荷大神である。

「陀天《だてん》さまあっ」

と、宗旦が嬉々として黒狐に向かい走りだした。

「おやこれは、久しいのう宗旦。わらわの下へ来るのはいつぶりか」

「ごめんなさい。色々あって、あの」

陀天は口ごもる宗旦の前足を見た。瞳が木でできた義足に留まる。

「その足はどうしたのや。お前の小さくて可愛《かい》らしい左前足は、どこへ行った」

「に、人間に、切られて」

「何……？」

陀天の目元が危うげに動いた。かと思いきや、たちまちにして辺りの空気がひりついていく。陀天の怒りが大気を焼くかのようだ。吸いこむ空気が薄くなり、たまらず瑠璃たちは首元に手をやった。

陀天は日ノ本に棲まう狐すべてにとっての母なる存在——宗旦が言っていたことは大げさではなかったようだ。それが証拠に稲荷神たちも陀天の怒りを感じ取って一様にすくみ上がっている。

「で、でも陀天さま。この木の足もまた、人間が作ってくれたんどす。これがあるからまた目いっぱい走れるようになったんや。だからあんまり、怒らんといて」

陀天はしばらく宗旦を見つめ物思いにふけっていたが、哀願する声にそのうち怒りを鎮めていった。

「お前という子はほんに優しいね。そこまで言うのなら堪忍したる」

「ホンマどすか。よかった」

「だがもし足を切った者と再び相まみえることになったなら、隠し立ては無用。必ずわらわに言え。そやつの肌を裂き、肉を食み、臓腑と血、骨の髄《ずい》まで余すことなくすすってやろう」

これを聞いた瑠璃たちは全員、同じことを思っていた。

――こ、怖……。

「時に」

陀天の目玉がぎょろりとこちらを捉える。

「何ゆえ人間が、神の会合に同席しておるのかえ」

瑠璃は身動きできなかった。そばにいる男衆も、みな金縛りにあったかのように凍りついている。黒雲として数多の鬼と対峙してきた瑠璃たちですら到底かなうまい。稲荷大神の威圧感は、鬼とはまったく次元を異にしていた。

「紹介します陀天さま。そこにいはる小さい子は瑠璃はんというて、おいらの命の恩人なんどす」

なぜ宗旦は陀天のことを畏れずにいられるのだろう。普段は誰よりも臆病なのに、今はさながら母親に甘える子狐ではないか。瑠璃は立ちすくんだまま、頭の端でそんなことを考えた。

「命の、とはどういう意味や」

「祇園社に異形が現れたこと、陀天さまも知ったはりますか」

「ああ……」

「おいらはあの妖鬼に食われそうになった。でも瑠璃はんが駆けつけて、おいらを助けてくれた」

恩返しがしたいんです、と宗旦は強い眼差しで訴える。

「瑠璃はんはまじないの入った薬を飲んだせいで、こない体が幼くなってしもたんどす。自力じゃ体の中からまじないを抜けへんみたいで。せやから陀天さま、瑠璃はんに力を貸したげてください。陀天さまのお力ならまじないくらい簡単に消してしまえるでしょ？」

　すると陀天はやにわに立ち上がった。その意図を察した稲荷神たちが直ちに移動し、巨体の通る道を作る。

　狐火の間を陀天はずずし、ずしんとこちらに向かって近づいてくる。対する黒雲、がしゃを抱えた油坊は、逃げ出したくなる衝動に駆られるも微動だにできない。頭蓋骨に至っては残像しか見えぬほどぶるぶると震え上がっている。

　眼前に立ちはだかった黒狐を、一同はひたすら無言で仰ぎ見るばかりだった。

　不意に、陀天の視線が瑠璃の横に飛んだ。

「そこにいらしゃるは、かの龍神さまと見える」

　ひるみ、あるいはおびえる一同の中で、飛雷だけは臆する気配もなく首肯した。

「左様。おぬし、我を知っておるのか」

「もちろん。遥かなる太古の時代、この日ノ本を守護していた三龍神のことを知らぬ神はおまへんえ。お姿は変わってしまわれたようやが、お会いできて光栄」

　然らば、と陀天は瑠璃に顔を向けた。

　大きな二つの目玉がじっ、とこちらを凝視する。対する瑠璃は射すくめられたように瞬きをすることも、目をそらすことさえもできない。

よもやこのまま、頭から丸呑みにされるのではないか。不吉な想像をした時だ。

「瑠璃、か。そなたのことは知っておる。〝東《あずま》の謡《うた》い女《め》〟やな」

「えっ」

瑠璃は一転、目をしばたたいた。

「天と地に〝瑠璃の浄土〟をもたらす……あの剣舞と歌は、なかなか天晴《あっぱれ》なものやった。八百万《やおよろず》の神が喜んでおろう」

予期せぬ褒め言葉に驚き、ぱっと飛雷に視線を向ける。飛雷も瑠璃と目をあわせ、したり顔で頷いてみせた。

吉原を辞する直前、最後の花魁道中にて行った舞いと歌が、神々にまで届いていたのだ。さらに陀天はこう言った。

現世にいる神々だけでなく、黄泉《よみ》にいる神々にも、瑠璃の想いが届いているであろうと――。

「陀天さまにはね、瑠璃はん。閻魔《えんま》大王の使者ちゅうお顔もあるんやで」

「何だって」

宗旦が自慢げに補足するのを聞き、瑠璃の畏縮はいっぺんに消え失せた。

「だ、陀天さま、まことなのですか。あなたは地獄の閻魔大王と通じていらっしゃるのでっ？」

「そのとおり」

元を正せば陀天は神でなく、人食いの魔物であったそうだ。先の物言いを思えばそれも頷けよう。しかし閻魔大王に悪行を諫《いさ》められて成道《じょうどう》し、人の寿命を見抜く力を授けられ、大王の使者として再び現世に降臨した。その後、稲荷信仰が世へ広まっていくに従ってさらなる神通力を得、弘法大師の興《おこ》した真言密教にも多大な影響を与えたという。

ここで錠吉が思索するように指を唇に触れた。

「確かに密教と稲荷信仰には浅からぬ繋がりがあると聞きます。稲荷神は密教を守る鎮守神としても祀《まつ》られていますし。ですが陀天さま。そうであるならば何ゆえ、僧形を嫌がるのですか」

「……丸坊主の者や袈裟を着けた者は経を唱えるやろう。経は閻魔大王のお叱りをわらわに思い出させるのや。かつて魔物であったわらわを戒めた、大王のそれはそれは厳しいお叱りをな」

せやから坊主は苦手や、と陀天は渋面で錠吉から顔を背ける。

一方で瑠璃の心には光明が差していた。幼子の体となってしまったことに慨嘆するばかりであったが、その先で、よもやこんな好機に巡りあえるとは。

瑠璃は一歩前へと足を踏み出した。

「お頼み申します陀天さま。わっちを、閻魔大王にお繋ぎくださいませ」

「大王に？　いきなり何を言うのやと思えば」

「地獄には生き鬼が囚われているはず。わっちはその生き鬼たちを救わねばならないのです。京に来たのもそもそもはそれが理由でした」

かつて吉原の太夫であった朱崎《あけざき》。四君子《しくんし》と呼ばれた花扇《はなおうぎ》、花紫《はなむらさき》、雛鶴《ひなづる》――救い出さねばならぬ生き鬼はもう一人増えた。

麗の父、正嗣である。

瑠璃は熱を込めて懇願する。地獄に通じることのできる機会は、今をおいて他にないかもしれない。そう考えると藁《わら》にもすがる思いだった。

されど切実な訴えに対し陀天の答えは、

「駄目や」

と、にべもなかった。

「そんなっ、なぜですか」

「地獄に行きたいなどと、そないなことが容易《たやす》く許されるはずがないやろう」

「しかし陀天よ。こやつの前世は我と同じ龍神じゃ。ただの人間とは訳が違う」

見かねた飛雷が助け舟を出すも、陀天の反応は変わらなかった。

「龍神の宿世《しゅくせ》であろうと罷《まか》りならぬことがある。先んじて言うておきますが飛雷どの、あなたさまも地獄に行くことは叶いまへん。地獄いうんは死者が行くべきところ。生者が行く場所ではないんどす」

「けれど陀天さま――」

「くどい。わらわが駄目と言うのや。聞き分けよし」

淡々と諫められた瑠璃は肩を落とす。男衆が気遣わしげに言葉をかけてくれたが、落胆した心は沈む一方だった。

「この話はこれにて終わり。そなた、体を元に戻したいのやったな」

「……はい」

「地獄に関することは断固として承服できぬが、その願いは聞き入れてやろう。我が子を助けてくれた礼や」

言いながら、陀天は愛おしそうに宗旦へ視線を送った。

「助けてええッ。な、何で俺がこんな目に」

「黙ってろよがしゃ、俺だって何が何やらわからないんだから」

「油坊、てめえ、他人事だと思いやがってっ」

祭壇の前に端座した油坊が、がしゃの頭蓋骨を高々と捧げ持つ。

蠟燭《ろうそく》の灯が妖しく揺れる祭壇の向こうには、御簾内に座す陀天。場をぐるりと囲んで太鼓を打ち鳴らし、踊り狂う稲荷神。

瑠璃たち黒雲は儀式を見物するような格好で居並んでいた。

「まるで生《い》け贄《にえ》だな」

「錠、それはたぶん今言ったら駄目なやつだ」

「……そうか」

ヒイィ——と上ずったがしゃの悲鳴を聞きながら、瑠璃は隣の宗旦に向かってひそひそ声で尋ねる。

「なあ、儀式ってのは絶対にやらなきゃいけないものなのか？」

「そうやね。がしゃはんには気の毒やけど、神さんにお願いするんやからやっぱり欠かせへんよ」

「お前さ、がしゃが嫌がるとわかっててわざと儀式の委細を言わなかったんだな」

「う、うん……」

宗旦は上目づかいで祭壇を見る。極めて申し訳なさそうな様子ではあるが、一方で瑠璃は宗旦の賢さに感心が半分、存外やり手だというそら恐ろしさが半分であった。

ドンドコと低い太鼓の音が空気を震わす中、油坊は頭蓋骨を両手で掲げ、宗旦から教わった祝詞《のりと》を厳《いか》めしい顔つきで上げていく。それを御簾の内で眺めながら陀天は目を細め、悠々と舌舐めずりをする。

宗旦いわく、陀天の体が黒いのは瑞獣《ずいじゅう》である証なのだとか。世に平和をもたらす瑞獣とは聞くに穏やかな印象を受けるが、相対してこの状況はどうだろう。平和からは程遠く、不穏という表現が最もふさわしい。

「――稲荷大神に、畏《かしこ》み畏み申す。この頭蓋に宿りし六粒の人黄《あまつひ》をもって我らが魂魄《こんぱく》とせん。願わくはその偉大なるお力で、我らの望みを叶えたまえ」

「うむ。よきにはからえ」

「さればこの頭蓋を、ご堪能あれ」

「イヤアアアッ」

油坊は陀天に頭蓋骨を差し出す。がしゃは震えて拒絶するも、首から下がないので逃げようもない。

――宗旦の奴、こうなるのも織りこみ済みで、頭だけを連れてきたんだな。

「がしゃ、何だか可哀相……」

「俺らはどんな気持ちで見てりゃいいんだろうな」

双子は酸っぱいものを口に含んだかのように、薄目で成り行きを見守っている。瑠璃とて自分のためにがしゃを犠牲にするのは申し訳なく思ったが、今は黙っておくことにした。

頭蓋骨を受け取った陀天が、口を開ける。鋭く生え揃った狐の牙がのぞく。頭蓋骨の震えが一段と激しくなった。

「や、やだやだ、やめ――」

れろん。

陀天の赤く大きな舌が、頭蓋骨をひと舐めした。

「ほう？　これはなかなか美味なる骨やな」

「ひゃ……あ、んっ」

「どれもう少し味わってみるとしよか」

言うなり頭蓋骨を丸呑みし、口の中でねぶり始める。口内から微かに聞こえてくる叫び声に、一同は「うわぁ……」と身を引いた。

――がしゃ、すまねえ。

今度埋めあわせをするから、と瑠璃は心の中で詫びた。

ひとしきり頭蓋骨を舌で転がしていた陀天は、やがて気が済んだのか地面に向かって口を開けた。ころころと頭蓋骨が地に転がり出る。

「満足、満足。ホンマもんの修験者でなかったのがちと気になるが、妖の骨とは稀《まれ》な馳走《ちそう》。よい儀式やった」

「…………」

吐き出された頭蓋骨は唾液まみれで沈黙していた。

「で、では陀天さま、さっそくですがよろしいでしょうか」

「うん？」

瑠璃は陀天の前に進み出る。

「わっちの体を元にお戻しいただきたいのですが」

「ああ、そうやったな。願いは確かに聞き入れた。そなたの体からまじないを抜いてやろう。ただし、もう一つの条件を達成したらな」

「……はい？」

それでは話が違うではないか。

いきおい意を唱えようとした瑠璃に向かい、

「そなた。わらわの力を借りようと言うに、何ぞ文句があるのかえ?」

「ぐっ」

「人間というのはまこと横着な生き物や。申し訳程度に手を合わせ、軽く頭《こうべ》を垂れてみせれば神が言うことを聞いてくれると考えよる。神とて心を持った生き物やのに、真心をもって接しようという気概のある者はほんに少ない」

いかにも嘆かわしいと言わんばかりに黒狐は首を振る。神から直に苦言を呈されては畏まるしかなかった。

言葉を詰まらせた瑠璃を見据え、陀天はふっ、と口の端に笑みをたたえてみせた。

「大社の鳥居前に、鬼がうろついとる。あれを退治してきや。わらわに願い事をするのなら、瑠璃、そなた自身の心意気を見せてみぃ」

その大きな瞳には、こちらを試すかのような気配が浮かんでいた。

六

体を元に戻したいのなら先に鬼退治をしろ。

稲荷大神である陀天が言うには、くだんの鬼はひと月ほど前に突如として現れ、夜ごと伏見稲荷大社の境内に押し入らんと試みているらしい。

大社および稲荷山には陀天が張る五芒星《ごぼうせい》の結界陣が張り巡らされているため、鬼が侵入する隙はない。それでも鬼は目に見えぬ結界に、幾度となく体当たりを繰り返しているとのことだった。

「大社の鳥居前……あれか」

陀天に促されるまま夜の稲荷山を取って返し、参道を駆け抜けた黒雲の顔にさっそく緊張が走る。

鳥居の向こう側にて透明の結界に爪をかざしているのは、薄い白髪を振り乱した老婆であった。

──聞く人によって男やとか婆さんやとか、情報がいまいち曖昧で……。

──閑馬先生が困ってたのは、こういうことだったのか。伏見に現れた鬼は磯六とこの婆さん、二体いたんだ。

黒い爪が結界に当たるたび激しい音が鳴る。鬼の体を後方へと弾き返す。ところが鬼は絡繰《からく》り人形さながらにすっくと立ち上がり、再び腕を振り上げる。その額には三寸の角──またも上級の鬼であった。

「瑠璃さん。やはりあなたを油坊たちとともに頂上に残してくるべきだった」

「いくら飛雷がいるからって、無茶にも程があるだろ」

さも不安げな錠吉と豊二郎に対し、しかし瑠璃は頑なな面持ちで答えた。

「無茶でもやらなきゃならねえ。元の体に戻るためだ」

錠吉と豊二郎はなお危険だと言い募る。二人が危惧《きぐ》するのも当然であろう。このように小さな体で刀を操るのは無謀だと、誰より瑠璃が理解していることだ。だが瑠璃はどうしても退かなかった。

意外なことに、栄二郎と権三も瑠璃の考えを支持した。

「厳しい戦いになるかもしれないけど、陀天さまはきっと、瑠璃さん自身の気持ちを試してるんだ」

「俺たち男だけで退治しても意味がないだろうな」

体を元に戻すため、真に必要なことは何か。危険を避けてばかりでは解決には至らない。どうやら二人は陀天の意を重く受け止めたようだった。

「ああそうとも。幼子の体だからって言い訳して、山の頂上で座して待ってるわけにゃいかないさ」

自分は、黒雲の頭領なのだから。

己を鼓舞《こぶ》すると、瑠璃は飛雷に呼びかけた。

ともに山を下ってきた黒蛇はすぐさま変化《へんげ》を始めた。口先から尾までを一直線に伸ばす。すると黒蛇の体が見る間に硬化していった。

一振りの黒刀へと変貌を遂げた飛雷の柄《つか》を、瑠璃は持ち上げる。

が、案の定、その重みに体をよろめかせた。

「おい瑠璃……」

「平気だ、何も問題ない」

強がりであると悟られるのは百も承知だった。黒刀はおおよそ今の背丈と同じくらいの全長で、持ち上げようとしただけでこの有り様だ。

パリン――。

突然、玻璃《はり》の砕けるような音がした。

前方へと視線を転じた五人は目を見開いた。

老婆の鬼が鳥居をくぐり、こちらへと駆けてくるではないか。

「自力で結界を破ったのかっ？」

「いや、どうも陀天が鬼を招き入れたようじゃな」

飛雷が言下に推測する。

わらわの目が届くところで戦え――山頂から稲荷大神の命が聞こえてくるようであった。

瑠璃は小さな手で黒刀をぎゅうと握る。老婆の鬼。本来なら己よりも背丈の低い鬼を恐れることなどないはずだ。しかし五歳かそこらの両目には、腰の曲がった鬼が、いやに大きく、恐ろしげなものに映ってならなかった。

――やるしかないんだ。

ともすれば尻込みしてしまいそうな心を叱咤《しった》する。

「結界を、急げっ」

叫ぶが早いか、瑠璃は錠吉、権三とともに地を蹴った。

唾を吐き散らしながら向かってくる鬼。老婆らしからぬ速さで腕を振る。対する錠吉は錫杖を、権三は金剛杵をもって腕を弾く。体勢を変えると間髪容《い》れずに次の打撃を叩きこむ。

「はああッ」

鬼がふらついた一瞬を狙い、瑠璃は飛雷を振りかざす。さりとて両腕があるならいざ知らず、幼子の片腕だけで刀を操るのは、あまりに無理があった。

勢いのない斬撃は、鬼の着物さえ掠らなかった。

「わわっ」

「おい瑠璃、気をつけぬか」

飛雷の重みに体がつんのめる。

――せめて昔と同じくらいの体力がありゃ、まだしもマシな動きができるかもしれないのに……。

瑠璃は悔しさに唇を噛んだ。

その時、鬼がダンと地を踏みしめた。瑠璃たちの頭上を軽々と飛び越える。二体の稲荷像が鎮座する楼門上で着地する。

鬼は屋根を駆け、さらに奥へと突き進んで行く。

「もしかして、あのまま稲荷山を登るつもりか……？」

ふと思い当たった。

鬼というのは得てして殺人のみを目的とするもの。己が怨念を生者にぶつけることのみに注力するのであり、あまつさえ結界を破るなどといった行為は鬼の意思によるものではないはずだ。

してみれば、あの鬼は夢幻衆の差し金かもしれない。甚太が夢幻衆に操られ瑠璃を祇園社まで誘導したあの時のように、稲荷の結界陣を壊し、結界の要となっている陀天を仕留めるよう命じられているのに違いない。

「豊、栄、結界をもっと縮めてくれ。少なくとも本殿から先には行かせねえ」

「おうとも」

黒扇子を握った双子が短く経文を唱えると、空に浮かんだ注連縄の結界が輝きを増し、範囲を狭めていった。

一方の鬼は楼門から拝殿の屋根に飛び移る。勢いのまま檜皮葺《ひわだぶき》の屋根を伝い本殿に行こうとしたのだが、

「よしっ、止まった」

激しい音とともに鬼は注連縄の結界に弾かれた。拝殿の屋根上に留まり、痛ましい叫びを響かせる。

「ごめんね。その先には行かせられないよ」

栄二郎は兄に目配せする。と同時に黒扇子の持ち方を変えた。

念じるにつれて輪郭がゆらゆら曖昧になっていったかと思うと、二人の持つ黒扇子は弓矢へと形を変えた。

双子は弓を引き絞る。屋根の端でたたらを踏む鬼に狙いを定める。

二人の放った矢は一直線に宙を切り、鬼の両肩に命中した。

「落ちてくるぞ、構えろっ」

しかし地に落下したのも束の間、鬼は速やかに立ち上がった。歪んだ口から怒りを孕《はら》んだ邪気を吐き出す。

なおも身を翻《ひるがえ》し、地上から拝殿の中に突入していく。瑠璃たちも続いて拝殿に足を踏み入れた。四間四方の拝殿を鬼は駆ける。屋根から行こうが中を通ろうが双子の結界から逃げられるわけでもないのだが、理解していないのだろう。

追いついた錠吉と権三が鬼の背中をしたたかに打ち据える。まともに食らった鬼は拝殿の床にうつ伏せに倒れた。

数歩遅れで瑠璃も二人の背中に追いついた。

「錠さん、権さん、そのまま押さえててくれ」

刀を振り抜くのが難しいなら、刃を突き立てるしかない。引きずるように運んでいた飛雷の柄を左手で握り直し、持ちうる限りの力で頭上に掲げる。うつ伏せに組み伏せられた鬼へと視点を定める。

——これで何とか……。

が、鬼の動きは完全には止まっていなかった。

凄まじい猛り声を上げる鬼。二本の矢が刺さった肩から黒い血が噴出する。床を押すようにして起き上がるや、鬼は両腕を振るって錫杖と金剛杵を払いのけた。

「まずい、頭っ」

体勢を崩した錠吉と権三。

一瞬、瑠璃の目の前には鬼しかいなくなってしまった。飛雷を持ち上げた姿勢では後退もままならない。押さえ役の二人を撥《は》ね飛ばした鬼は、ニイ——と小さな瑠璃を見て笑った。

次の瞬間、鬼の痛烈な蹴りが瑠璃の腹を直撃した。

「瑠璃さんっ」

非力な体はあえなく吹き飛び、床にうずくまる。

視界が白黒に霞《かす》んでいた。息を吸いこめず、臓腑が抑えようもなく痙攣《けいれん》する。

栄二郎が慌てて駆け寄ってくるのと同時に、瑠璃はこらえきれず胃の中のものを吐き出した。

「う、ぐ……っ」

「もうこれ以上は無理だ。錠さん、権さん、俺たちだけで仕留めよう」

豊二郎の弁に錠吉、そして一拍を置いて権三も、首を縦に振った。

怒り狂った鬼は両腕を振りかぶる。対して錠吉と権三は口早に真言を唱える。錫杖と金剛杵がたちまち金色に発光した。シャン、と先端の輪を鳴らし錠吉は錫杖を突き出す。

次いで双子も再び弓を構える。ひるんだ鬼の胴体めがけ純白の矢を打ちこむ。

最後に権三が剛腕を振るい、鬼の顔面に重い打撃を叩きこんだ。

度重なる男衆の攻撃を受けた鬼は、短くうめき声を漏らし、ついに倒れた。

情けない。何と情けないことか。

拝殿の中で乱れた呼気を整えつつ、瑠璃はつくづく現状が嫌になった。

男衆の猛攻の甲斐あって鬼は退治できた。しかしながら、瑠璃の体は依然として幼いままである。鬼が浄化されたと同時に一瞬だけ体が淡く光った気がしたが、ただそれだけだった。

「どうしてだろう、言われたとおり鬼を倒せたのに」

考えあぐねるように栄二郎が眉をひそめる。

「もしかして陀天さま、退治が終わったことに気づいてねえんじゃねえか？」

「ここは大社の境内。陀天も事の仕儀を把握しておるはずじゃ」

じゃあ何で、と問う豊二郎に向かい、しかし黒蛇に戻った飛雷は「わからぬ」と鎌首を振った。

「ひと口に神と言うても思想は様々じゃ。我とて陀天の腹の内は読めぬわ」

「……たぶん、わっちがほとんど動かなかったからだ」

瑠璃はあえて「動けなかった」、とは表現しなかった。

「今の鬼退治は皆の手柄、わっちは何もしちゃいない。要は陀天さまの言う心意気ってやつに及ばなかったと判断されたんだろう」

「そんな……」

双子は腑に落ちない顔つきだ。

「とにかくもう一度、頂上まで行ってみましょう」

「錠の言うとおりだな。陀天さまの真意を聞かないことには何とも言えない」

示しあわせたように、五人は大きく嘆息した。

短時間のうちに山頂までの道のりを往復し、激しい鬼退治まで成し遂げた上、またしてもあの長く急勾配《きゅうこうばい》な階段を上っていかねばならないのか。

権三もさすがに疲弊を隠さなかった。

「まあ仕方ないだろう。どちらにせよ油坊たち妖を頂上に置いてきぼりにしたままだからな。瑠璃さん、今度こそ俺がおぶっていきやすよ。さっきの一撃が応えているでしょう？」

「……ごめんな、皆。わっちがこんな体になっちまったばっかりに負担をかけて。ただやっぱり、おんぶは遠慮しておくよ」

これは強がりではなかった。呼吸も痛みも思ったよりすぐ落ち着いて、むしろ蹴りを食らう前よりも体が軽くなった気がする。

図らずも嘔吐《おうと》したせいだろうか。

そう考えた時、

「誰っ？」

砂利を踏む音を聞きつけ、栄二郎が視線を走らせる。

小さな人影が柱の影から飛び出した。瑠璃たちに背を向け、慌てた様子で大社の参道を走り抜けていく。

その人影を認めるや瑠璃は表情を一変させた。

「待ってくれ、麗っ」

直ちに立ち上がり、逃げる背中を追いかける。

対する麗は呼び止める声も無視して走り続ける。鬼の血を半分宿しているからだろうか、ただの幼子とは思えぬ速さだ。このままでは追いつけそうにない。そればかりか麗は小声で呪《しゅ》を唱えた。

煙が童女の体を覆い始める。術を使って姿をくらまそうとしているのだ。

すると焦った双子が黒扇子を開いた。

「鎖《くさり》で止めるぞ栄」

「わかった」

「いや、駄目――」

一抹の不安がよぎった瑠璃は双子を制する。だが遅かった。

地面からたちどころに生え出てきた鎖が、童女の体に絡みつく。鎖に足を取られた麗はその場でまろぶ。

途端、童女の口から聞くに苦しげな悲鳴が漏れた。

ただ単に転んでしまったからではあるまい。おそらくは、神聖なる結界の力に激痛を感じているのだ。そう察した瑠璃は居たたまれなさに顔を歪めた。

「やっぱり……豊、栄、やめてくれっ。あの子に結界を使っちゃ駄目なんだ」

発言の意味するところに気づいたのだろう、双子は黒扇子を閉じ、鎖が一瞬にして消え失せた。

一方で瑠璃は急いで麗に駆け寄った。

結界が魔を弾くものである以上、半人半鬼である麗にも結界の力が悪い方に効いてしまうのだ。この推察どおり、鎖が消えたにもかかわらず麗はなおも苦しげに喘いでいた。

「あんた……」

麗は咳きこみつつ上体を起こすと、困惑の目で瑠璃を見た。

無理もない。大人だったはずの女が数日の間になぜか子どもの姿になっているのだから、混乱して当たり前だ。

同じく駆け寄ってきた男衆のうち、権三がすかさず問いを投げた。

「麗、今の鬼は夢幻衆がここに差し向けたものなのか。お前さんは他の三人に言われて、俺たちの様子を偵察していたんだな？」

そう問い詰めつつも権三の声は穏やかさを保っていた。強制されて夢幻衆に加入したのであろう少女に、尋問まがいのことをするのも忍びない。瑠璃は権三の声からそんな響きを聞き取った。

麗は問いに答えようとせず、権三からさっと目をそらす。とはいえ唇を真一文字に結ぶ様子から鑑みるに、予想は的中していたらしい。夢幻衆はやはり稲荷の結界を破ろうとしていたのだ。

瑠璃は改めて麗を見つめる。

転んだ拍子に流れた分厚い前髪の合間からは、前に見たのと同じ、小さな突起物が

──鬼の黒い角がのぞいていた。

「……麗……」

あの日からずっと、考えていた。

どうすれば罪を贖《あがな》えるのだろうと。どうすれば同族であった正嗣に、そして麗に許してもらえるのだろうと。

──わっちは、どうすれば……。

しかし結局、答えはろくに見つけられないでいた。

言葉にならず、瑠璃は地面に両膝を、続けて左手をつく。

「すまない、麗」

地に向かって頭を下げた小さな頭領に、男衆はいたわしげな視線を注いでいた。

「どうかお前さんへの罪を、心の底から詫びさせてほしい。本当に、すまない。申し訳ない……」

罪悪感のあまり声が掠れた。きちんと謝罪をしたいのに、麗にこの気持ちをしかと届けたいのに、語尾が細くなっていくのを瑠璃はどうすることもできなかった。

麗はそんな瑠璃を黙したまま眺めていた。

目の前にいる、自身よりも小さな幼子の心を、見定めるかのように。

「わっちのせいで、滝野一族は滅んだ。まさは――正嗣は、わっちが憎くて仕方なかったろう。その身を生き鬼と変えてしまうくらいに。謝っただけで許されるとは露ほども思っちゃいない、だから麗、お前さんが望むことを、わっちは何でも叶える」

思いつく償いは、これくらいしかなかった。

「お前さんの心を晴らすためなら何でもしよう」

ただ、と顔を上げる。相手の瞳を直視することはできなかった。

「身勝手と思われるのは重々承知の上で、お前さんに頼みがある」

「……頼み」

「夢幻衆を抜けてほしいんだ」

麗が小さく息を呑んだのがわかった。

黒雲を再結成し、頭領として京の怪異に立ち向かわんとする今、瑠璃の最大の敵は裏四神ではなく夢幻衆だ。裏四神にされた妖鬼、すなわち鬼と妖の融合体は、不死という欲望のために利用されたに過ぎない。

すでに死者である鬼は言わずもがな、妖を救うことのできる望みはと言えば、おそらくは飛雷しかないだろう。かの裏青龍がそうであったように、融合してしまった鬼の体と妖の体を切り離すことなどもはや不可能。ならばせめてもの救済として魂を浄土に送ってやるしかないのだ。それはつまり、生きた妖を、鬼もろとも斬らねばならぬことを意味する。

瑠璃は夢幻衆との対決を見据えていた。元凶たる夢幻衆を最終的に追い詰めなければ、裏四神にされた鬼も妖も本当の意味では浮かばれまい。だからこそ麗を一味から離脱させたかったのだ。他の夢幻衆から乱暴な扱いを受けていると知った今となってはなおさらである。

「他の三人と違って、お前さんは、不死なんか望んでいないんじゃないのか」

麗は目を泳がせる。その様を見てやはりか、と瑠璃は得心した。

さしずめ、夢幻衆に何らかの弱みを握られているのに違いない。裏青龍の操作とて然り、あれは麗が進んでしたことではなかったのだ。

「奴らとの対決を終えた暁《あかつき》には、お前さんの望みを何だって聞く。だからお願いだ麗、夢幻衆から離れてくれ。必要なら京から逃げる手筈を整えるから」

「……あんた、ウチの言うこと、ホンマに何でも聞いてくれるん」

「ああ、もちろんだ」

「だったら死んでよ」

一瞬、時が止まった。

瑠璃の瞳がゆっくりと、童女の瞳に焦点を結ぶ。

麗の面差しには見るに堪《た》えがたいほどの憎しみが滲んでいた。

「ようさん苦しんで死んで。ウチの願いはそれだけや」

想定外の答えだった。一体、何と返せばよいのだろう。

瑠璃は我知らず俯いた。

しばらく地面を見つめ返答に窮していたが、元より自分に与えられた選択肢は、たった一つしかないように思えた。

「……お前さんが望むなら、煮るなり焼くなり好きにしてもらって構わない」

「瑠璃さん」

たまりかねたように権三が口を挟んだ。何やら言いたげな表情で瑠璃を見つめる。

しかしながら、その先の言葉が紡がれることはなかった。

「何でそないな体になったかは知らんけど。あんた、その小さい体やったら同情を買えるやろうって、そう思ったん」

ぼそりとつぶやく麗に、瑠璃は慌てて首を振った。

「違うっ、そんなつもりは」

「ウチのおっ母が死ぬ前に言うとった。おっ父《とう》のことを恨んだらあかん、そもそもおっ父が生き鬼になってもうたんは、小さな女の子を恨んどったからなんやって……ちょうど今のあんたと、同じ見た目やったんやろな」

めき――。

俄《にわか》に聞こえた音が、瑠璃の顔を強張《こわば》らせた。

麗の額に生えた角。それが少しずつ、大きくなり始めていた。

「あんたは、その体で血の繋がったモンらを殺した。ウチのおっ父の心を、滅茶苦茶に壊したんや」

童女の肌にじわり、じわりと黒い斑点が浮かんでくる。眼前にいる幼子こそが自身の憎むべき相手であると、改めて実感したのだろう。

麗の怨嗟《えんさ》が爆発した。

「何がすまない、何が申し訳ないやっ。あんたの詫びに何の意味があるって言うん。あんたさえいなければおっ父は生き鬼になんかならへんかった。ホンマの故郷で幸せに暮らしとったんちゃうんか？　あんたさえ、あんたさえいなければ、おっ母はウチを身籠ることもなかった。今も生きとるはずやった。全部、全部あんたのせいや。ウチの体かてそう、鬼の血がまじっとることが、普通の人間やないことがどんだけ恐ろしいことかあんたにわかる？　ウチの心と体はいつか鬼の怒りに呑みこまれてまうかもしれへん、そうおびえて生きることがどんなに辛いかわかるん？　あんたがいたから、みんな不幸になった。今さら謝られたって何にも変わらへん。あんたみたァな心の腐りきった女に謝られたって何にも報われへんのや……この、人殺し」

最後の言葉を投げつけた時、麗の視線がはっ、と自身の体に向かった。

段々と黒くなっていく肌。憤怒が鬼の血を騒がせているのだ。震える手で額に触れ、角を確かめるや、童女の顔に見る見る恐怖が広がっていった。

「……っ」

前髪で角を乱暴に隠すと、麗は脇目も振らず走り去ってしまった。

後には地に膝をつき、首を垂れたままの瑠璃が残された。

憎しみと怒りに満ちた言葉が鋭利な刃物となって全身を刺し、己を責め立てるようであった。

人殺し、人殺し、と——。

知らず知らずのうちに目頭が熱くなっていく。だが瑠璃は泣くことを許されていなかった。地面を震える両目で見つめ、しばらくの間、その場から動くことができなかった。

一部始終を聞いていた飛雷もまた、瑠璃と同様に口を閉ざすばかりであった。


時刻は子の刻を過ぎ、とっぷりと夜が更けた頃。

稲荷神の会合はすでに終わり、吉原稲荷を含む狐たちは日ノ本各地にある自身の社へと戻ったらしかった。

一方で再び稲荷山の頂上へと戻り来た男衆は、意気消沈とする瑠璃に代わって陀天に問うた。

「陀天さま、約束はちゃんと果たしました。大社に侵入しようとしていた鬼を間違いなく退治したんです。なのになぜ、瑠璃さんの体は元に戻らないんです」

「止《とど》めを刺したのは瑠璃じゃないけど、瑠璃だって動けないなりに健闘してたんですよ。それでも心意気が足りないとおっしゃるんですか」

するとと双子の口上に、陀天は心外とばかり声を尖らせた。

「とんだ言い草やな。わらわが約束を守っておらんとでも？」

「な、それじゃあ」

「鬼の気配が消えたんはここにおってもわかった。そなたらの言うようにそこの童《わらべ》もどうにか現状を打破せんとしとったな。ゆえに約束どおり、体の中に滞っておった呪薬をすべて抜いた。先刻よりも楽に動けるようになったやろう？　呪薬が抜けた証や。それやのに言いがかりをつけるとは不敬の極み……後は瑠璃、そなた自身の問題やというのに」

「わっちの……」

この上、いかなる問題があるというのか。自分を責め立てる言葉の刃は今なお胸に刺さったまま抜けていない。これ以上の重圧を耐えきれる自信は、今の瑠璃にはなかった。

「ふん、あの勝気な様はいずこへ行きよった？　体ばかりでなく心まで縮んでしもうたように見えるの」

虚ろな目をする瑠璃に向かい、陀天はこう説いた。

病は気からとはよく言ったもので、心と体は見えない糸で密接に繋がっている。体が不調であればいきおい心も沈む。反対に心が惑いの只中にある時、体もまたその影響を受けてしまう。

陀天の力でまじないは消滅した。したがって瑠璃の心が健康であるならば、体も自然と治癒力を発揮し、徐々に元どおりになったはずだという。

しかし、そうはならなかった。

「わらわの下へ戻ってくる間——およそ半刻くらいか、その短い間に何かあったのやないか？　心が尋常でなく揺さぶられるような、何かが」

瑠璃は答えられずに下を向く。片や陀天は「図星のようやな」と瞬きを一つした。

心が揺さぶられる出来事。考え巡らすまでもなく、麗との会話である。

麗に会うのを拒んでいたわけではない。面罵されるのも致し方ないことだと覚悟していた。が、なぜよりにもよってあの時だったのか。もう少し、あとほんの少し再会が遅れていたなら。そう考えることすらも、許されないのだろうか。

――天罰だ。

ゆるゆると、足先から力が抜けていく。

――麗とあすこで会ったのは、きっと天罰だったんだ。元の体に戻れると希望を持ったわっちを、どん底まで叩き落とすための、罰だったんだ……。

後は自分自身の問題。つまり元に戻れるかどうかは瑠璃の心次第ということになろう。されどここまで深い底へと堕《お》ちてしまった心が、どうやって再び這い上がれるというのか。

今や瑠璃の心は正気こそ保っているものの、底なし沼の奥へ、奥へと沈んでいくようであった。

「……陀天さま。一つ、どうしてもお尋ねしたきことがございます」

と、話題を変えたのは錠吉だった。

錠吉は横目で瑠璃を気にかけつつ二の句を継いだ。

「先ほど稲荷の結界は五芒星の陣であるとおっしゃっていましたね。俺たちが昔いた吉原、あの地を守護する吉原稲荷も、五芒星の結界を得意としていた」

「いかにも。わらわが直々に子らへと伝授したさかいな」

「陰陽道における象徴の一つにも五芒星があります。稲荷神と陰陽師——両者には、何か深い関係性があるのでしょうか」

「ほう、そなた密教の坊主やろう？　やけに詳しいやないか」

「付け焼き刃の知識ですが」

「……関係性、か。大いにあるな。何しろわらわがその昔、陰陽師の一人に五芒星の結界を伝授してやったのやから」

錠吉は権三や双子と顔を見あわせた。どうやら陀天は陰陽道にも少なからず精通しているようだ。だとしたら夢幻衆が裏四神を使って企んでいる計画、そして不死についても、何か知っている可能性がある。

男衆は代わる代わる京に今起きている怪異、並びに夢幻衆なる陰陽師集団を自分たち黒雲が追っている旨を説明した。

「夢幻衆、不死」

話を聞いた陀天は確認するかのように繰り返した。

「さらには裏四神とな……ここ稲荷山よりも南、巨椋池《おぐらいけ》に朱雀を模した妖鬼が現れた時、大地は揺れた。むろん伏見の地も例外なくや。自然に起こる地鳴りやないとすぐに察せられるほど異常な揺れやった。それだけやない、時を同じくしてひどい邪気が稲荷山にも押し寄せた。咄嗟《とっさ》に結界を厚くしたから事なきを得たものの、下手をすればこの山も、邪気で覆われてしもうとったやろうな」

狐の顔面を苛立たしげにしかめてみせる。怪異に並ならぬ危機感を覚えているのは陀天も同じだったらしい。しかし残念ながら、夢幻衆の計画については心当たりがないそうだ。

落胆する黒雲に対し、「まこと世も末」と陀天は遠い目をして嘆く。

「人の心もますます悪しきものになってゆく。京のいずこかではわらわを勝手に本尊に据えた〝百瀬《ももせ》真言流〟なる宗派がのさばっておるというしの」

これに錠吉が反応した。

「百瀬？　はて、聞いたことがない名ですね。真言流ということは、密教に連なる宗派でしょうか？」

「建前はな。しかしそなたが信ずる正統な密教とは似ても似つかん紛いものや。京の狐たちから聞いた話では、何でも男女の交合によって解脱《げだつ》を目指すとか」

「なっ……それはまた、とんだ不届き者がいたものですね」

錠吉も陀天に共鳴するかのごとく眉根を寄せる。自身の属する宗派がいかがわしく汚されているのだから憤るのも無理からぬことだ。さような邪教が流行《はや》るのは、人々の感情や欲望が剝き出しになっている今だからこそかもしれない。

次いで権三が陀天に水を向けた。

「神であるあなたさまにはまさしく釈迦《しゃか》に説法でございやしょうが、どうぞ今後ともお気をつけください。まだ仮説の域を出ちゃいないけれど、夢幻衆はおそらく、京中の結界を破ろうとしている。この先も稲荷山の結界、果ては四神の結界をも破ろうとしてくるでしょうから」

するとなぜだろう、陀天はわずかに首を傾げた。

「四神の結界……京の自然を基《もと》にした結界のことかえ」

「ええ、東西南北で四体の神獣を見立てたという」

「それを言うなら正しくは〝五神〟やろうて」

どういうことなのか、男衆は寸の間、意味がわからず沈黙した。

青龍、白虎、玄武、朱雀——。

この四体の神獣の他に、まだもう一体が存在すると言うのだろうか。

問い返そうとした矢先、

「ひゃひゃ、だからくすぐるなって言ってんだろ、白の奴めっ」

真剣な会話にはおよそ場違いな笑い声がこだました。

男衆は木立の方へと視線を転じる。

油坊、宗旦は陀天と黒雲が話す間、退屈しのぎにがしゃの頭蓋骨を鞠《まり》に見立て、蹴鞠をして遊んでいた。当のがしゃは玩具《おもちゃ》にされようが怒るでもなく、一言たりとも喋ろうとしなかった。きっと陀天にしゃぶられたことに気落ちしていたのだろう。

それがいきなり、弾けたように笑いだしたのだ。

「おおがしゃ、やっとこさ元気になったか」

「また体がこしょばいん？」

「ああ、頭がねえのをいいことにあいつら好き放題しやがって、さては露葉も加わってるな……おいおい押し倒すんじゃねえ、何す……」

ところが髑髏の声音は、次第に穏やかならぬものへと変貌していった。

「やめろ、痛い痛い痛いっ。俺の足――頼むからやめてくれっ」

直後、がしゃは絶叫した。

常の調子とは明らかに違う、恐怖に駆られた本気の悲鳴。

「がしゃ……？」

これには憔悴《しょうすい》していた瑠璃も我に返った。

「がしゃ、おいどうしたって言うんだ、がしゃっ」

「俺の足が、腕の骨が……っ、痛《いて》えよう、痛え……」

何事か理解できず、瑠璃は男衆と顔を見あわせた。四人も然り、がしゃらしからぬ声色に当惑した面持ちをしている。

——百鬼夜行で、何が起きてるんだ。

キィキィ、と木々に停まっていた百舌鳥《もず》が甲高い声で鳴き、翼をばたつかせる。山の中で寝静まっていた獣たちも目覚め、一挙に騒ぎだす。

尋常ならざる髑髏の悲鳴が山頂に響き渡り、瑠璃の心に不穏な波風を立てた。

七

すぐさま陀天との話を切り上げ、堀川上之町の塒へと駆け戻った瑠璃たちであったが、そこにいるはずの妖の姿はなかった。

手分けして百鬼夜行の地である一条通を隈《くま》なく探すも、妖どころか鼠《ねずみ》の一匹さえ見当たらない。真夜中の一条通は奇妙なくらいの静寂に包まれていた。瑠璃を案じ待っていてくれた閑馬と宗旦も一緒になって、妖のいそうな空き家や川沿いを探したのだが、あいにく結果は同じであった。

瑠璃は疲弊した体に鞭《むち》打ちなおも捜索を続けようとした。が、これを男衆が制した。

いくら陀天の加護により体力が戻ったといえども、困憊しきっている状態でこれ以上の無理を通せば間違いなく倒れてしまうだろう。不安げな顔をする閑馬と宗旦にも一度戻ってもらうよう告げ、かくして一同は胸騒ぎを抑えられぬまま、短時間の休息を取ることとなった。

――皆、どこに行ったんだ。

当然ながら、瑠璃はほとんど眠ることができなかった。布団の中でふと頭を横に向ければ、障子からは白く淡い光が漏れてきている。

夜が明けたのか。

どうやら目をつむっていられた時間は、一刻にも満たなかったようだ。

夕刻に子どもの姿になってしまってからというもの、稲荷山を登り、鬼退治へ赴き、また山頂へと出向いて今度はがしゃに異変が起こり――思えば心と体が休まる時間が寸分もなかった気がする。昨日からの疲れはほんの少ししか取れていない。それでも二度寝を決めこむ気にはなれなかった。

布団の上で半身を起こすと、二階の寝間の隅には黒蛇がいつものようにとぐろを巻いていた。

ひょっとすると目を覚ましているのかもしれない。そう思った瑠璃は話しかけようと口を開く。だが、しばらく逡巡《しゅんじゅん》してから思い止まった。

物置にしている隣の部屋では油坊が横になっていた。その隣では悪い夢を見ているのだろう、がしゃの頭蓋骨が、痛々しいうめき声を漏らしていた。

――がしゃが、こんな声音をするなんて。

いついかなる時も快活におどけ、瑠璃と言い争いをしようが殴られようがけろりとしていた髑髏が、ひどくうなされている。稲荷山の頂上で聞いた悲鳴は只ならぬ様相を呈していた。

驚き戸惑う瑠璃たちにがしゃはこう訴えた。

誰かが、自分の手足を切り落としたのだと――。

しかしながら頭と体が別の場所にある以上、体がどこにあるのか、そして誰の仕業かも確かめる術《すべ》はない。

――露葉……お恋、長助、白、こま。お前たちに一体、何が起きたんだ。

――瑠璃って変なとこで心配性なのねえ。この家だって同じ一条通にあるんだから、戻ろうと思えばすぐに戻れるわよ。

山姥の声を思い返し、ぐっと拳を握る。その左手は今もなお小さく頼りない。瑠璃の体は休息を経ても幼子のまま変わっていなかった。

油坊とがしゃを起こさぬように気をつけながら、階下へと下りる。一階の居間と奥の間では男衆がまだ寝息を立てていた。疲れ切っているのは彼らも同じなのだ。瑠璃は四人の寝顔をしばし見つめ、塒を出た。

この心境ではどうせ眠れまい。皆が起きるまでもう一度、周囲を探してみよう。

そう思い立って堀川沿いをひとり歩くも、うっすら白み始めた空の下に広がる堀川は、うら寂しいほどに静かであった。

──どうしよう。

心を不安が覆っていく。

──もしも皆に、何かあったら……どうしよう、どうしよう……。

妖たちの笑顔、明るい声が、頭の中に浮かんでは消える。

嫌な考えに押し潰されそうになった瑠璃は川べりにうずくまった。川のせせらぎに映った幼い顔は、今にも泣きだしそうだった。それがことさら、瑠璃の感情を千々に乱した。

人殺し。

人殺し。

あれからずっと、麗の詰《なじ》る声が耳にこびりついて離れない。心に刺さった刃物はぐりぐりと傷口を押し広げ、血を流さしめ、芯にまで到達してしまいそうだった。もし妖たちがいてくれたなら、こんなにも思考が混沌とすることはなかったのだろうか。

己の罪と、向きあわねば。

麗に、償いをせねば。

そう己を叱りつけるも、

「……怖い……」

我知らず、心の声が漏れた。瑠璃は抱えた膝に顔を押しつける。

――泣くな。泣くな。わっちに泣く権利なんてない。

麗は自分よりもよほど辛酸《しんさん》を舐め生きてきたのに違いあるまい。普通の人間と違うことが、いつか完全に鬼と化してしまうかもしれない恐怖が、どれほど辛いかわかるのか――童女の恨み言はまさしく魂からの叫びであった。

麗から感情らしきものが読み取りにくかった理由は、今なら何となく察しがつく。

麗は自らの感情を押し殺していたのだ。正嗣から受け継いだ血、そして「鬼の怒り」。それらに恐怖していたことは、走り去っていく顔を思い返すに歴然としている。彼女はともすれば内側からあふれ出てしまいそうな鬼の怒りを、他の感情もろとも押し殺すことで懸命に抑えてきたのだろう。しかし瑠璃と出会ったことで、怒りがついに発露した。

己の内側で蠢《うごめ》く怒り。己のものではない怒り。父から受け継いだ恨みと憤怒におびえ、呑みこまれまいと押し留めてきた童女の葛藤は、どれだけの痛みを伴っていたことだろう。

——麗は、心を閉ざして生きるしかなかったんだ。完全な鬼になってしまわないように。あんな、小さい子が……。

そう思うと泣くことも、弱音を吐くことすらも許されない気がした。

自分がいかに脆弱な人間であるかを突きつけられたようだった。罪に向きあおうと強く思えば思うほど、自分の中にある最も柔《やわ》い部分が「嫌だ」と訴え叫ぶ。

向きあうのが怖い。麗の、あの憎しみに満ちた目を見るのが怖くて、恐ろしくてならない。それは取りも直さず、瑠璃が己の過去そのものを恐れているからだった。ほんの六年前まで記憶に封をしていたように、忘れてしまいたいと思う気持ちが捨てきれないからであった。

記憶の断片が止めどなく脳裏をよぎっていく。

里の長である父が危惧していた、産鉄民への蔑視。

村人の黄ばんだ乱ぐい歯。

夜闇に揺れる無数の松明。

殴殺される同族たち。凌辱《りょうじょく》される母。

そして、ひとり目覚めた時に見た、変わり果てた故郷の光景。

亡骸《なきがら》に這いずりまわる蛆《うじ》や蠅《はえ》。

滝野一族は全滅したのだと思っていた。己を責める人間すら、謝罪する対象すら、ひとり残らずいなくなってしまったのだと――それがまさか異郷の地で、一族の血を引く少女に巡り会おうとは。

むろん罪の意識はこれまでずっと持ち続けていた。思い出すことを拒みこそすれ、忘れていたわけでは断じてない。だが、瑠璃は知らなかった。

いざ自分を憎む人物から正面を切って責められた時、こうも胸がえぐられるものなのか。やり場のない心苦しさというのはこんなにも耐えがたいものなのか。誰かに一緒に担いでもらうことも、癒やしてもらうことも許されない痛みというのは、こんなにも。

「よりにもよって、あの時と同じ見た目になるなんて……これも、天罰なのか」

償え。贖え。お前の罪を。

誰かにそう言われている気がした。

正嗣か、里の者たちの亡霊か、あるいは生みの父と母か。思考が否定的な感情で覆い尽くされた今、優しかった父母からも責められているように思えてならない。世間一般に考えれば自分は悪くないと抗弁するのも一つの手だろう。飛雷が促したように、自分の意思ではなかったのだと真相を詳らかにすることは可能だ。しかしそのようなことができるほど、瑠璃という女は器用ではなかった。

どうせなら、と思う。

——どうせ幼くなってしまうなら、心まで幼くなれたらよかったのに。

何も考えず安穏と生きていた幼少期の自分を、呪わしく思うと同時に、羨ましくもなった。もしお白洲《しらす》の裁きを受けられたなら、いかに重い刑罰を言い渡されようとその方が楽だとさえ思った。裁かれないばかりに罪は背中に貼りついたまま、知らぬ間に重みを増していた。瑠璃を追い詰める好機が来るのを、今や遅しと待っていたかのように。

川の流れに視線を漂わせていると、唐突に、ささやきが聞こえてきた。

その声は甘い響きをもって瑠璃の胸に広がった。

いっそ罪から目を背け、すべてから逃げ出してしまえば——。

期せずしてそれは、夢幻衆の目指す不死と真逆の発想であった。

「麗はきっと、わっちを許しはしないだろう。だったらせめて、あの子の望みどおり、わっちがこの世からいなくなってしまえば……」

「瑠璃さん」

背後からの声に勢いよく頭を上げる。いつからそこにいたのだろう、権三が、哀しげな目でこちらを見つめていた。

「権さん。てっきりまだ寝てるとばかり」

「飛雷に、起こされましてね。あなたが外に出ていったから、探してやってくれと」

やはり黒蛇は目を覚ましていたのか。

「……錠さんと双子は」

「あの三人ならまだ眠っていやすよ。俺は体力がある方だから回復も割かし早いですけど、錠たちはそうもいかないでしょうから」

言うと権三は瑠璃の隣へ歩み寄り、川べりに腰を下ろした。

「朝の川ってのは静かすぎますね」

「うん……そうだな」

「妖たちを探していたんでしょう？」

「そうさ。じっとしていられなくて、でも」

見つからなかったことは、言うまでもない。押し黙った瑠璃の横で、権三もただ川の音だけに耳を傾けていた。

どれほど重い沈黙が流れてからか、

「瑠璃さんはもう知ってますか？　あすこ、一条戻橋には色々といわくがあるそうですね」

と、権三は川下に見える橋を目で示した。

出し抜けな話題に戸惑ったものの、瑠璃はこくりと首肯した。

一条戻橋にまつわる逸話は今世に至るまで京びとの心に根差している。平安京に生きた名高い陰陽師、安倍晴明《あべのせいめい》が十二神将を式神と称し橋の下に隠していたという逸話や、美女の姿に化けた鬼が毎夜、通りかかる者を食っていたというものも。また嫁入りの際、花嫁はこの橋を避けて通らねばならないとされる。ゆめゆめ実家に「戻」ることのないように、という戒めらしい。たった一字を重く受け止め、行動の指針としているのだから、人々がどれだけ一条戻橋に畏怖の念を抱いているかが窺《うかが》えるというものだ。

そうした数ある逸話の中で権三が引きあいに出したのは、一条戻橋にまつわる「蘇りの話」であった。

「浄蔵《じょうぞう》という名のお坊さまが父親の葬列のさなか、あの橋の上で棺《ひつぎ》に取りすがって祈りを捧げたそうです。すると、死んだはずの父親が息を吹き返したとか……」

逸話の真偽はさておき、「戻」という字には彼岸から此岸へ戻ってくる、という言《こと》霊《だま》が籠《こ》もっているのかもしれない。

「死んでしまった大切な人をもし本当に生き返らせることができるなら、どれだけいいかと思わずにはいられません。何年経っても、この想いは変わらない」

権三の瞳は橋を見つつも、もっと遠くにある何かを見ているようでもあった。

然《さ》もありなん、と瑠璃は権三の横顔を一瞥する。

黒雲きっての常識人であり、今でこそ江戸で人気の料亭を営む板長となった権三だが、かつての彼にはほの暗い一面があった。

復讐者という顔である。

愛する妻を犯された挙げ句に吉原へ売り飛ばされ、産まれたばかりの娘までをも奪われた権三は、下手人を見つけ出すためにこそ黒雲に入った。しかし結局、妻は遊女となった身の上を嘆いて自死し、成長した娘もまた、鬼の手にかかりわずか十二で命を落とした。

「どんなに強く願っても、どんなに心を込めて祈っても、死者は二度と、戻ってきません」

蘇りの逸話が今の世にも色褪《いろあ》せることなく残っているのは、きっと愛する者に再び会いたいと願う気持ちが不変のものだからであろう。

「現実、遺された人間は逝《い》ってしまった人間のぶんまで生きるしかない。けれど昔の俺はそれを認めることができず、復讐に身を焦《こ》がした。まさしく復讐の鬼であったろうと振り返ってみて思います。憎い仇に苦しみを与え、地獄に堕としてやりさえすれば死んだ家族も――俺自身も、救われるに違いないと」

ところがそうはならなかった。

「俺は最初から見誤っていたんです。誰かを憎むには気力と労力が要る。たとえ仇が死のうとも、それで何もかもが報われるなんてことはありえない。俺が絶望から這い上がれたのは錠吉に豊二郎に栄二郎、そして瑠璃さん、黒雲の皆がいてくれたからだ。復讐を果たしたからじゃない。ですから麗も、仇がいなくなったところで救われることはないでしょう。かえって空《むな》しさが残るだけだ」

煎じ詰めれば権三は、「死んで」と告げた麗に対し瑠璃が「好きにしてもらって構わない」と答えたことを言外に諫めているのだった。

己の浅はかさが身につまされるようで、瑠璃はたまらずうなだれる。もし自分が麗の立場だったなら、権三が言うように仇が死のうと心は晴れないだろう。心機一転、綺麗さっぱり憎しみを捨て去って生活することなどできるはずがない。なぜそれに気づけなかったのか。

「……瑠璃さん。きついことを言うようですが、あなたは許されたいと考えるべきじゃない」

心の内を見透かされたようだった。瑠璃の瞳は激しく揺れた。

権三は言う。

許すかどうかは相手が決めることであると。瑠璃の立場から許してほしいと望めば、向こうの気持ちを逆撫でしかねないだろうと。

「とはいえ俺だって理解していやすよ。あなたの故郷が滅んだのも、ご両親や同族が亡くなってしまったのも、すべてあなたの意に反して起こったことだと。だからこそ罪の意識に心が苛《さいな》まれ、体が元に戻らないってこともね。なら元凶は何だったのかと問われればやはり飛雷になるんでしょうが、かといって飛雷がすべて悪いと断罪するのも憚《はばか》られる。だって飛雷は人間に手ひどく裏切られたからこそ、人間を憎み、邪龍になってしまったんですから。瑠璃さん、あなたもそう思って麗に飛雷のことを言わなかったんでしょう？」

瑠璃は小さく頷いた。

「なあ、権さん……」

「何ですか」

権三の声はいつものように優しい。が、そこにはささやかながら厳しさも含まれているように聞き取れた。

言いかけたものの、何と言葉にしてよいかわからず口を閉じる。

胸の内に生まれた波紋は今や荒波となって瑠璃を責め苛んでいた。冷たく荒々しい波が心の襞《ひだ》をえぐり、削り、力を奪う。

先だって権三は瑠璃のつぶやきを耳にしたはずだ。罪からも、ひいては何もかもから逃げ出してしまいたいという心情を悟っているはずだ。しかし彼は、それについては何も言わなかった。

同志の静かな視線に促され、瑠璃はようやく二の句を継いだ。

「罪ってものは一体、どう償えばいいんだろう。四六時中、夢の中でも考えてる。それでも、どうしても、わからなくて」

「残念ですが、正解なんてものはおそらくありません」

きっぱりと告げられた瑠璃は煩悶《はんもん》に顔を歪めた。

確たる答えがないのなら自分はこの先、何を標《しるべ》とすればよいのか。ずしり、と鳩尾《みぞおち》にさらなる重しが載せられたようだ。

ところが権三の弁には続きがあった。

「罪によって事情も違えば向きあい方もまったく違う。こう償うべきだ、こうすれば相手の心は晴れる、と一概に言うことはお奉行さまにだってできっこない。おそらく麗本人に聞いたところで同じでしょう。あの子自身、どうすれば気持ちが収まるのかわからないでいるでしょうから……ただ一つはっきりと言えるのは、瑠璃さん。あなたには償いの機会が与えられている、ということです」

「償いの、機会」

「俺が言えるのはここまで。後はあなた次第。あなたの、心次第です」

瑠璃はゆっくりと水面に目をやる。滔々《とうとう》と流れる川が自分にささやき、問うている気がした。

お前は何を考え、何を選択するのかと——。

さらに数日が経てども、妖は見つからなかった。居場所も、彼らを連れ去ったのであろう者の正体も知れぬまま、瑠璃たちは焦《じ》れる気持ちを抱えながら捜索を続けるより他なかった。

が、他方でまったく別の収穫もあった。

「あいにくと裏朱雀、裏白虎については大した情報を得られんかったんですが、唯一、裏玄武についてはわかったことがありまして」

塒の玄関先にて、閑馬は深刻な面持ちをして述べた。

「裏玄武にさせられたんは、どうも深泥池に棲むとされる妖のようどす。深泥池には乙埜山《おとのやま》ちゅう大きな亀の妖がおると言われていて、裏玄武を目撃した人の証言と見た目が一致しとるんですよ」

玄武。四神相応において、北方、および冬を司るとされる神獣である。

「とはいえこの大亀、昔からほとんど池に潜ってばかりで姿を見せへんさかい、上賀茂のごく一部の住人にしか伝承が伝わってないみたいで。おかげで調べるのにずいぶん時間がかかってもうた」

「つまりその大亀と鬼が融合させられたってことか」

言いつつ瑠璃は眉をひそめた。

「だとしたら裏玄武は今、深泥池の底で息を潜めているのかもしれないな。水場での戦いを視野に入れとかねえと」

濁った水の内から漂ってくる、そこはかとない不気味さが思い出されて背筋が寒くなった。

――深泥池。

あそこに妖鬼がいるのか。妖たちと池をのぞきこんだあの時も、水の底からこちらを見ていたのだろうか。

長らく不思議に思っていたことがある。

裏青龍にされた大蜥蜴も然り、くだんの大亀は、鬼と融合させられる際に何の抵抗もしなかったのだろうか。陰陽師とはいえ相手は人間。妖力を発揮すれば逃げることくらいできたかもしれないのに。

――夢幻衆の力がそれだけ上ってことなのか……？

「それと瑠璃さん。実は夢幻衆について、興味深いことがわかるかもしれんくて」

こう閑馬に言われ、思索にふけっていた瑠璃はぱっと我に返った。

「奴らの所在がわかったのか？」

「すんまへん、まだ場所までは。ただ人形師や他の職人仲間からこないな話を聞きましてね。京のどこかで、エセ坊主が何やら人集めをしとるらしいと」

「……エセ坊主に、人集めね」

聞くだに怪しさ満点の話ではないか。

閑馬も瑠璃と同じ感想を抱いたらしかった。

「せやから詳しく調べてみようと思います。わかり次第またお伝えしますね」

「ああ助かるよ閑馬先生、貴重な情報をありがとう。しつこいようだが、奴らには近づきすぎないようにしてくれよ。もし危ないと感じたらすぐに身を引いてほしい」

「わかってますって。宗旦がおってくれるんでへっちゃらですし、何なら御庭番にでもなったような気分でドキドキして——あっ、や、やっぱり今のはなしで。不謹慎でしたよね」

焦って訂正する様子に、瑠璃はつい頰を緩めた。

「とにかく、自分で言うのもアレですけど、逃げ足だけはけっこう速い方なんで心配には及びまへん。そないなことより……」

と、閑馬は急に声を落とす。

「その、お恋たちは？」

首を横に振ってみせれば、落胆のため息が彼の口からこぼれた。

「何で気のいい妖が拐《かどわ》かされなあかんのでしょうね。妖たちが悪いことをしたわけでもないやろうに、誰がそないなことを」

「……おそらくは、夢幻衆だろうな」

「夢幻衆が？」

「奴らは裏四神を作るに当たって〝素材〟集めをしたと言っていたんだ。裏四神はすでに完成したものだとばかり思っていたけど、奴ら、まだ満足していなかったのかもしれない」

「ということは、もしかして」

しかし閑馬はその先を言いよどんだ。瑠璃も閑馬と同じ気持ちで、小さな唇を引き結ぶ。

もし本当に夢幻衆の仕業だとしたら、奴らは妖の身をどうするだろう。あの冷淡な思想を持つ者たちが妖を丁重に扱うとはとても考えられない。

「お恋たちは、必ず見つけ出す。夢幻衆の好きにはさせない」

「そうどすね。俺も引き続き蟠雪先生――いや、蟠雪の足取りを追ってみます」

閑馬は言い直すと、珍しく眉辺りに怒りを滲ませた。

瑠璃に呪薬を飲ませた張本人、蟠雪。岩倉にある彼の診療所はもぬけの殻となっていた。これを知った閑馬は妖探しで手が離せない瑠璃たちに代わり、自ら行方を追うと名乗りを上げてくれたのだった。

彼の考えは聞かずともわかる。名医であるとの評判を鵜呑みにし、瑠璃に紹介状を渡したことに責任を感じているのだ。紹介状をしたためた甚太の母親に改めて話を聞いたところ、彼女は蟠雪から「軽症でも重症でも構わないから知りあいをどんどん紹介するように」と常々言われていたそうだ。その辺りの事情を聞いていたなら不審さに気づけたかもしれないが、結果はこのとおり。閑馬は自身のせいで瑠璃が幼子の体になってしまったと思っているのに違いない。

だが当然、瑠璃には彼を責める気などなかった。

「ごめんな閑馬先生。仕事もあって忙しいだろうに」

「いえ。正直、今は仕事なんてとてもやないけど手につかんからええんです……ほな俺はこれで失礼しますわ。おうい宗旦、そろそろ行くで」

すると呼びかけを聞いて塒の中から妖狐が顔を出した。何やらうかがうような目で閑馬を見上げる。

「先生。おいら、もう少しここにおってもええ？　お恋はんたちを探したいんや。暗くなるまでに帰るさかい」

「ああ、そういうことならもちろんええとも。こっちのことは心配いらへんで、俺も明るいうちに帰るつもりやし」

閑馬は腰を屈め、宗旦の頭をわしわしと撫でる。

屈んだまま背丈の低くなった瑠璃に目を転じるや、「そういえば錠吉さんから聞きました」と眉尻を下げた。

「錠さんから？　何をだい」

「心の問題が解決せん限り、大人の体に戻ることはできひんとか。やったらなおのこと、妖たちを早《は》よ見つけなあきまへんね」

「……ああ。そうだな」

ずき、と痛みが襲ってきた。閑馬には己の幼少期に起こった出来事も、麗とのことも話していない。錠吉も仔細は伏せてくれたに違いなかった。心の問題が妖たちの不在に起因していると、閑馬はそう考えているのだろう。

「大丈夫、きっと見つかります。せやさけ少しでもええから楽しいことを考えてください。そうや、無事を確認できたら妖たちを連れて東福寺へ紅葉《もみじ》狩《が》りに行きまひょ？よければ男衆の皆さんも一緒に。大勢で行ったらようけ楽しいですよ、ね」

閑馬なりに励まそうとしてくれているのだ——そう感じ取った瑠璃は、にこ、と口角を上げてみせる。

「うん。そうしよう。閑馬先生、本当にありがとう」

閑馬の背中を見送り塒の中に戻ると、居間では男衆が京の絵図を畳に広げていた。絵図には至るところにバツ印がついている。妖を探した備忘録だ。どこにいるのか見当もつかない以上、こうして手当たり次第に探すしかないのが実状であった。

「上京《かみぎょう》はあらかた探したか」

「京には妖が見える人が割と多いっていうけど、目撃情報がないなら次に行った方がよさそうだね」

「中心地を探す方がいいんじゃねえか？　人が多けりゃ情報もそれだけ増えるだろ」

「なら次は二条通《にじょうどおり》より南にするか……」

瑠璃も表情を引きしめて車座に加わった。今しがた閑馬が伝えてくれた裏玄武の情報を男衆とも共有する。

その最中、油坊ががしゃの頭蓋骨を脇に抱えながら階段を下りてきた。がしゃは未だ離れた場所にある体の痛みを訴えていたが、幸いにも意識は明瞭であった。

「おい皆。取りこみ中に悪いが、がしゃの話を聞いてやってくれ」

「どうした、また手足の骨を折られたのか？」

「いや違うんだ……日が経つにつれて段々とわかってきた」

言うと頭蓋骨は油坊の腕の中でぐるりとまわる。

「俺の体がある方角、たぶんあっちだ。しかもけっこう近い気がする」

がしゃの目線は北東を示していた。引き離された頭と体が、互いに呼応しあっているのだろうか。摩訶不思議な妖の性質を思えば大いにありうる。

「そいつは大きな手がかりだ。よし、そんなら支度をしよう。油坊、がしゃを持ってわっちらを先導してくれ。手分けして探せば今日中には見つかるかもしれない」

そうして全員が腰を上げようとした矢先、

「おいらも一緒に行くっ」

声を上げた妖狐に、はたと錠吉が目を留めた。

「閑馬さんと帰らなかったのか。なら好都合だ。宗旦、お前に聞いてみたかったことがあってな」

「え、お、おいらに？」

表情のわかりづらい錠吉からいきなり話しかけられ、妖狐は不安そうに身構えた。

「もしかしたら夢幻衆の実態にも関わるかもしれないから、知っていたら教えてほしい。陀天さまがこの間おっしゃっていたことだ。その昔、一人の陰陽師に五芒星の結界を教えたと――」

その陰陽師とは、いかなる人物だったのか。

どうやら宗旦は陀天から昔話を聞かされていたらしい。

次いで返ってきた答えに、黒雲の五人は泡を食った。

「平安京の英雄、晴明公や」

「せっ、晴明公って、あの安倍晴明かっ？」

「そう。その安倍晴明やよ」

京から遠く離れた江戸でも安倍晴明の名を知らぬ者はそういないだろう。平安京にあって難解な学問を修め、占術や呪術にも長けていた陰陽師の中で、最も偉大と謳《うた》われるのが晴明だ。帝直属の蔵人所《くろうどどころ》陰陽師にまで上り詰めた彼の偉業は、式神の操作に鬼退治、果ては人体蘇生と多岐にわたる。

陀天から伝え聞いた話によれば、何と晴明は「普通の人間」ではなかったという。

彼の父は人間、そして母は、人間に化けた狐であったそうだ。

今を遡ること八百七十年前、母狐は晴明とその弟、つまりは双子を産んだ。稲荷大神たる陀天にとっても、狐の血を引いた者であれば姿が人であろうと大切な子であることには変わりない。双子は顔こそ似ていなかったそうだが仲のよさは折り紙つきで、稲荷山には時折、幼子たちのはしゃぐ声が響いた。

晴明は才にあふれる男であった。やがて成長した彼は陰陽師となり、時の帝に仕えたのである。京に顕現する魔を祓《はら》ったり、蘆屋道満《あしやどうまん》なる男と高度な術比べをして勝利したりと、彼が今世に遺した伝説は数知れない。真偽をとりまぜた可能性があるにせよ、晴明の超人的な力は多くの物語や浄瑠璃などで人気の題材となり、寛政の世に至るまで人口に膾炙《かいしゃ》してきた。わけても歌舞伎の「葛《くず》の葉《は》」は元役者である瑠璃にとって馴染みの深い演目だ。

「八十五歳で亡うなるまで生涯現役の陰陽師やったと、陀天さまはいつも誇らしげにおっしゃっとった。弟の方については詳しく聞いてへんけど、やっぱり不思議な力を持ってたんとちゃうかな。何たって二人とも狐の血を継いどったわけやし」

「へえ、晴明公は双子の兄貴だったのか。何だか妙に親近感が湧いてくるな」

そう豊二郎が頷いた時。

がしゃが訝しげに声を上げた。

「なあ、そんなことより妙だぞ。体の感覚が、どんどん近づいて――」

「瑠璃さんっ」

と同時に玄関の戸が開けられる。瑠璃たちは一斉に視線を走らせた。

息せき切って塒に駆けこんできたのは、草の根を分け探し求めた二体の妖。お恋とこまであった。

「ああ瑠璃どの、皆……」

「お前たちっ。無事だったのか」

「お、俺の体っ」

お恋の両手、こまの背中にあるものを見るやがしゃは声を裏返す。二体の付喪神が抱えていたのはばらばらになった髑髏の骨だ。両手足の骨に、背骨、肋骨。どれも人為的に切られ、あるいは折られた痕跡があった。

「お前たち、今までどこに？　百鬼夜行で何があったんだ」

瑠璃は狸と狛犬の毛に触れる。二体の体は無傷であるものの、ひどく汚れていた。走り通しだったのだろう、付喪神たちは激しく咳きこみ、途切れがちになりながらも答えた。

「私たち、あ、妖狩りに、あったんです」

「妖狩りだと」

「百鬼夜行にいきなり翁が乱入してきて、変な術で拙者たちを動けなくして」

「その人、皆の体を、おっ、鬼さんと……」

瞬間、瑠璃の顔に激昂が兆した。

後に続く言葉は容易に想像できた。妖と鬼を融合させ、妖鬼を作る。妖をさらったのはやはり夢幻衆だったのだ。

「他の妖はどうした」

露葉、白、長助は――。

瑠璃の問いかけに、しかし付喪神たちは首を振る。二体の表情は、いかに恐ろしいものを見、いかに恐ろしい思いをしたかを如実に物語っていた。

お恋はか細い声で「ごめんなさい」と繰り返した。

「私たち、がしゃさんの骨を抱えて逃げるのが、精一杯で……」

そんな二体に向かい、翁と思《おぼ》しき男はこう言い放ったそうだ。

――キヒヒ、付喪神はしょせん壊したらそこで終いや。行くがええ。お前らにはもう興味なんぞない。

その身は白装束に包まれ、声は、やけに若く聞こえたという。

「蟠雪だ……」

医者の引き笑いが頭の中で反響する。瑠璃に呪薬を渡してきたあの男こそが、妖たちを拐かした下手人。

蟠雪は夢幻衆の一員だったのである。

「お願いだ、瑠璃どの」

こまの声は震えていた。

「拙者にはわかる。鬼と体を一つにすることが、どれだけ痛くてたまらないか。鬼の暗い気持ちが入りこんでくるのが、どれだけ重くて、苦しくて……お願いだ瑠璃どの。お願いだから、皆を、助けて」

悲痛な訴えが胸の奥を直に打つ。

友の顔が次々に思い浮かぶ。

瑠璃は歯を食い縛り、膝上に作った拳を——幼子の拳を、強く握りしめた。

八

十五夜の望月《もちづき》が天頂に浮かんでいる。

しかし濁りきった深泥池の水面には美しい月が映る余地などない。生温《なまぬる》い風が時折吹いてはさざ波を起こし、水草や藻をわずかに動かすのみだった。

上賀茂の地を、黒雲の五人はものも言わずに疾駆する。

閑馬がつかんだ情報。塒より北東から逃げ帰ったお恋とこま。そして、診療所がある地――これらから導き出されたのは、目当ての者が洛北は深泥池にいるという事実であった。

この時節ならしきりに聞こえるはずの虫の声とてなく、池の周りは幽寂に覆われていた。

「蟠雪っ」

果たして池のほとりに佇んでいた人物を認めるや、瑠璃は怒声を張り上げる。

古式めかしい陰陽師の装束に身を包んだ、背中の曲がった翁——蟠雪はゆったりこちらを振り返ると、顔に垂れ下がった文様入りの長布をめくってみせた。

「ふん、来よったか黒雲。ようけここがわかったな」

「裏玄武にされた妖は深泥池に棲む大亀だった。船岡山から移動したのはここが元々の住み処だったからだ。なおかつお前はこの近くに診療所を構えていた……夢幻衆の一員として、裏玄武を操るために」

すると蟠雪は瑠璃と男衆を見まわして憎らしげに舌打ちした。

「ホンマに面倒な奴らやで。祇園社での宣戦布告を実行したいんやろうが、俺らが不死を目指すことがなぜそんなに気に食わへんのや」

「不死を望むこと自体をどうこう言うつもりはない。問題はその過程だ」

鬼だけでなく妖までをも苦しめることは、たとえ夢幻衆に崇高な理念があったとしても見過ごすことはできない。そう述べるや蟠雪は声を立てて嘲笑《あざわら》った。

「そら見上げた正義感やなあ。それにしても大亀の伝承はこの辺りにしか知られてへんゆうのに。もしや情報屋でも雇っとるんか？　小賢《こざか》しいなァ……」

探るような目つきで脂下《やにさ》がる。

当然ここで閑馬の名を出すわけにはいくまい。

「お前の小言を聞きに来たんじゃねえ。妖たちを返せっ」

「しっかし瑠璃さんよ」

と、蟠雪は傲然と顎をそらしてみせた。

「俺がこしらえた薬、どうも効き目抜群やったようやな？　ひひっ」

瑠璃は苦々しい思いで閉口した。

五人と対峙しているにもかかわらず、翁の余裕じみた表情は一向に崩れなかった。

「そない怖い顔せんと、望みどおり傷を治したったんやから感謝しいや。と言っても大事なのは塗り薬やなァて飲み薬の方やけどな」

「……わっちに何を飲ませやがった」

「あれは陰陽道のまじないを込めた〝不老《おいず》ノ妙薬〟。硫黄《いおう》に砂鉄、蛇の皮、干し蚯蚓《みみず》や兎の肝なんかを磨《す》り潰してまぜた若返りの薬や」

しかし同時に劇薬でもあると蟠雪は言った。

「まだまだ研究途中の代物やしな。それを素直に飲むとは、ひひ、医者の言うことを何でも真に受けたらあかんで？　ともあれ普通なら下手すりゃ死んでまう薬やのに、おまはんは死なずに子ども返りした……前から思うとったがおまはん、常人とちゃうようやな。実に興味深い結果や」

「てめえ、よくもぬけぬけとっ」

目尻を吊り上げる瑠璃に対し、蟠雪は悠々と手にしていたものを持ち直す。

六壬式盤《りくじんちょくばん》。陰陽道に用いられる道具である。

「わかったわかった。妖のことが心配なんやろ？　なら自分で取り返したがええ」

できるものならな、と口元に薄い笑みが浮かんだ。

蟠雪は六壬式盤をなぞる。途端、辺り一帯が突如として震動しだした。

幼い体がふらつく。権三が慌てて瑠璃の背を支えた時、

「おい、あれを見ろ」

豊二郎が池を指し示す。

深泥池には大きな波紋が生まれていた。

ぐらぐらと揺れ続ける地面。次第に大きくなっていく池の波紋。いくつもの輪が生じては外側へ広がっていく。まるで深い池の底から、何かがせり上がってくるかのようだ。

水面が盛り上がり、なだらかな曲線を描き始める。

やがて激しい水しぶきとともに顔を出したそれを見て、瑠璃の頬は引きつった。

「裏玄武……」

黒雲の前に現れたのは小山を思わせるほどの大亀であった。甲羅から、細長い尾と首が突き出てくる。裏玄武の首は鬼の首であった。大きな鬼女の頭が月を仰ぎ、深々と息を吸いこむ。

さりとて瑠璃たちを戦慄させたのは鬼の首ではない。

裏玄武の甲羅であった。

盛り上がった甲羅には亀甲《きっこう》の線に沿って無数の穴が蜂の巣状に穿《うが》たれ、中にぎっしりと水晶が埋めこまれていた。六角柱の形をした水晶。その一つ一つに、何かが閉じこめられているのが見えた。この世の生き物かどうかも疑わしい、異形のおぞましい輪郭が。

河童《かっぱ》の頭部に、黒々とした鬼の胴体。鬼の髪が巻きつけられた釣瓶《つるべ》落とし。腕だけ鬼とすげ替えられた天狗。いずれも鬼の体と妖の体を継《つ》ぎ接《は》ぎにされた妖鬼であった。体を接合された妖鬼たちは、意識がないのか一様に目と口を閉ざしている。

「そん、な……」

甲羅の一つずつに目を転じていくうち、瑠璃の喉から、愕然とした声が漏れ出た。

何かの間違いだ。そうであってくれという考えが駆け巡る。瑠璃の視線は甲羅の右側、天狗と鬼の妖鬼が入った水晶の、隣へと注がれていた。

黒い鬼の手足が繋ぎあわされていたのは、小柄な胴。頰かむりをした大きな頭——袖引き小僧、長助であった。

「おや、お友だちでもおったんか？　百鬼夜行は妖の素材集めに最高でなあ。おかげさんで俺の作った裏玄武をもっともっと強くすることができた。それだけやない、裏朱雀に、裏白虎も——」

蟠雪が言い終わるよりも早く、瑠璃は駆けだしていた。飛雷に呼びかける。黒刀に変じた柄を握り、蟠雪に向かって振りかざす。

だが体力こそ少しは戻っているものの、まだ幼子の力で楽々と刀を振れるわけではない。蟠雪は横っ飛びに刃をよけると二本指で手刀を作り、呪を唱えた。

「育ちの悪い女め。人の話を最後まで聞かへんとは」

たちどころに煙が立ち起こり、蟠雪の体をその場から消してしまった。

代わりに四方から声が聞こえてくる。

《おまはんら黒雲の相手をするんは、俺やない》

「どこにいやがる。姿を見せろっ」

「瑠璃さん伏せてっ」

栄二郎の叫ぶ声。瑠璃はハッと池を見る。

裏玄武の首――鬼女の口から、水の弾《たま》が発射されるところだった。瞬時に身を屈める。放たれた弾は瑠璃の後頭部をかすり、背後にあった木を薙《な》ぎ倒した。

《さあて、お手並み拝見といこか。せいぜい気張りや》

蟠雪の命じる声を聞き、裏玄武は続けざまに池の水を吸いこみ始める。ドン、と重々しい音がして二発目の弾が発射された。瑠璃はすんでのところで避ける。またしても弾の当たった木が倒れた。大人ならいざ知らず、幼子の体で食らえばひとたまりもない威力だ。

――この感じ、さては普通の水弾じゃないな。

さしずめ鬼女の怨念、鬼哭が水弾の中に込められているのだろう。裏玄武の本体となった鬼女と大亀に加え、水晶内の妖鬼たちが、裏玄武の邪気をいっそう濃くしているのだ。

そばへ近寄ろうと思えども、相手は深い池の中。足場と言えば池の中心にある浮島くらいしかない。言うまでもなく水上で戦うことなど不可能だ。

その上、瑠璃は金槌《かなづち》であった。

――どうやって近寄れば……。

水弾をかわしつつ、まばゆい光を感じて視線を上げる。双子の成す注連縄の結界が、すでに深泥池の一帯を囲っていた。

「頭、待ってろ。俺たちが裏玄武を引っ張り上げる」

そう告げるが早いか豊二郎は弟とともに新たな経文を口にする。空気の中から生まれ出でたのは鎖の結界だ。鎖は裏玄武の甲羅に巻きつき、巨体を水際へと引き始める。裏玄武は低く重く咆哮《ほうこう》した。

ところが、

——嫌や、やめて。痛いよ……。

咆哮の奥から、妖たちの嘆く声が微かに聞こえた。

まだ意識のある者が残っているのだ。

「ちっ。無闇に結界を使うわけにもいかねえのか」

双子が口惜しげに鎖を消した矢先、複数の水弾が細切れに放たれた。結界の光を浴び錯乱しているのだろう、照準は定まっていなかった。これでは遠距離から攻撃を仕掛けようにもやりにくい。

「豊、栄。今の鎖で水面に足場を作れないか」

迫り来る水弾をかわし、錠吉が尋ねる。

「そうか、足場を——やってみよう兄さん」

「ああ」

幾本もの鎖が池の周囲から出現する。水面を伝い、細かな網目を紡いでいく。時を置いて深泥池の水面に、裏玄武を避ける形で鎖の足場ができあがった。これなら水上でも戦うことができるだろう。

《猪口才《ちよこざい》な。それしきで勝ったつもりになりなや》

瑠璃と錠吉、権三は三方向から鎖の上を駆ける。ぴんと張られた鎖はたわむこともなく頑丈だ。

「頭、その体のままでは首に近づくのは危険すぎる。まずは後方を頼みます」

権三に言われ、瑠璃は無言で頷いた。

裏玄武が水弾を発射する。三人は腰を落として回避する。

相手の強さが並でないと推した錠吉と権三は、早くも真言によって法具を強化していた。鬼女の首に狙いをつける。水場の戦いが不利であるのは変わらないが、素早さなら間違いなくこちらの方が勝っている。

錫杖を突き出す錠吉。金剛杵を振る権三。が、鬼女の首がたちまち黒く染まって硬化し、攻撃を弾いた。すぐさま顔を水中に突っこみ、水を吸い上げ始める。

《その首はただの鬼やない。上級の鬼や。いくら亀がとろいからって、そないな法具ごときで簡単に傷をつけられるはずないやろう》

一方で瑠璃は裏玄武の後ろにまわりこんだ。

「長助……」

ぐったりと意識のない友を見つめ、奥歯を噛みしめる。

「飛雷、裂けろ。大蛇の口で甲羅から水晶を取り出すんだ」

「よかろう。しっかり柄を支えておけ」

瑠璃は飛雷を月に向かって掲げる。黒刃が根元から裂け、三匹の大蛇と化す。長助が眠る水晶へと強靭《きようじん》な牙を剝く。大蛇の牙はがっちりと水晶を捉えた。そのまま鎌首をしならせ、甲羅から水晶を引き抜かんとする。

ずず、と水晶が少しだけ動いた。しかし大蛇たちの重心が移動すれば、必然的に柄を支える瑠璃にも影響が及ぶ。

「うあっ」

耐えきれなかった瑠璃は足場の上に倒れる。弾みで大蛇もよろめき、水晶を離さざるを得なかった。

「ちくしょうっ。飛雷、もう一回だ」

「……今のお前では無理やもしれん」

細い左腕が小刻みに震えた。幼い体ではろくに刀を支えることすらできないのか。友の姿が今そこに見えているのに、自分は何もできないのか。

「なら雷《いかずち》の力を貸してくれ」

「駄目じゃ。あれはお前にも多大な負荷がかかる。大人の体だからこそ耐えうるのであって、童の体ではとても扱いきれん」

瑠璃は己への苛立ちを禁じ得なかった。

――この役立たず。今この瞬間に力を使えなくてどうするんだ。

一体いつまでこの姿のままでいなければいけないのだ。今戻らなければ意味がない。今戻らなければ、長助を救うことができないのに――。

だがいくら焦燥《しょうそう》に駆られようとも、体には微塵の変化も起きなかった。

するとその時、

「何、で……力が」

権三のうめき声がした。

前方へと目をやれば、権三と錠吉が足場の上で膝をついているではないか。何が起こったのか。確かめる暇もなく、鬼女の首が水弾を放つ。

ドドン。

「権さん、錠さんっ」

二発の水弾は錠吉と権三をまともに捉え、二人の体を池の外側へと押し飛ばしてしまった。近距離で水弾を食らった二人は苦しそうに喘ぐばかり。どうやら動くことができないらしかった。

動けないのは錠吉と権三だけではなかった。池のほとりで弓矢を構えていた豊二郎と栄二郎までもが、なぜか地に倒れこんでいるのだ。

弓矢はゆっくりと黒扇子に戻り、双子の手中に収まった。

《キヒヒ、命中、命中っ。どうや、俺が吹き矢で打ったたった痺《しび》れ薬は。曼陀羅華《まんだらげ》の実に白芷《びやくし》、草烏頭《そううず》をあわせた特注品や。体の自由が利かへんやろ？》

「蟠雪……っ、いい加減に出てこい、この卑怯者がっ」

片や錠吉と権三を退けた裏玄武は鈍重な動きで水を掻き、瑠璃のいる方へ顔を向けようとしていた。

《そうら、あの扇子を見てみぃ。落とすぞ、落とすぞぉ》

ほくそ笑む声を聞いた瑠璃は双子へと再び視線を走らせる。

辛うじて握られていた黒扇子が、筋の弛緩《しかん》に伴い徐々に、しかし確実に、結界役である双子の手から離れようとしている。

「まずいぞ瑠璃、足場が――」

ぽとり、と地に落ちる黒扇子。

その瞬間、鎖の足場が消え失せた。

瑠璃は反射的に近くにあった浮島へと飛び移る。一方こちらに向き直った裏玄武は、口に含んでいた水を吐き出そうと構える。

逃げようにも逃げ場がない。

――しまった……。

が、こちらの焦りに反し、水の弾が放たれることはなかった。

《まァ待ちや裏玄武。あとはそのチビさんを残すだけ。一発で終わりにしたらおもんないやろ？》

「どういうつもりだ蟠雪」

《あんまりにもこっちが有利やさけ、ちっと気後れしてもうてな。少しだけ休憩する時間をやる。ありがたく思いや》

「ふざけるなっ」

《おお怖。そないな態度でええんかいな？》

直後、瑠璃は浮島に片膝をついた。自ら意図したのではない。体が勝手に動いたのだ。

「おい瑠璃、どうしたのじゃっ」

もしや、自分も知らぬうちに吹き矢を打ちこまれたのか。されどそのような感触は一切なかった。混乱する瑠璃の耳に、蟠雪の哄笑がこだまする。

《俺の手元には今、撫物《なでもの》がある。おまはんを診察した時にこしらえた紙人形や。陰陽師はこないな呪術も扱えるんやで。これでおまはんの動きはこっちの意のまま。ほれ、ほれっ》

抵抗も空しく瑠璃はもう片方の膝をつき、さらには左手までをも浮島の土につく。思い返せば蟠雪は診察の折、やたらと自分の背中をさすっていた。あれは来《きた》る戦いに備え、呪物を作るためだったのだ。

「くそったれ――」

《そう絶望することたない。おまはんをこのまま池に入水《じゆすい》させることもできるが、やめにしといたろう。それより俺は聞きたかったんや……》

続いてぶつけられた問いに、瑠璃は思わず動揺した。

《おまはん、麗とどういう仲なんや？》

どうやら蟠雪は、瑠璃と何かしらの因縁がある旨を麗本人から聞いたらしかった。

《詳しく教えろて言うてもあのガキ、口を割らへんでな。しゃあないから思いきりぶってやったわ。それでも何も言わんかった》

「なぜ麗にそんなことを。あの子はお前らにとって仲間じゃないのか」

《仲間？　ふん、いかにも正義感の強いおまはんらしい文句やな。常人よか力がある、麗を使《つこ》とるんはただそれだけの理由や。で、どうなんや、麗との関係は》

「……お前なんぞに答える義理はない」

瑠璃はどうにか体を動かそうと力を入れる。されど手足は鋼《はがね》にでもなったかのごとき硬さで、ぴくりとも動かせない。

何もしなければいたぶられる一方だ。

瑠璃は心の中で飛雷に呼びかけた。

——蟠雪の居場所を探ってくれ。撫物とやらを奪えたらまた動けるはずだ。

「心得た」

黒刀から小声が返ってくる。刃が一匹の蛇となり、水中を静かに泳いでいくのを見届けると、瑠璃は池のほとりへ視線をやった。

男衆は未だ地に伏したままで応援を頼むことはできない。飛雷が蟠雪の気配を辿る間、少しでも時間稼ぎをしなければ。

「蟠雪。お前はさっきこう言ったな。裏玄武を作ったのは自分だと」

《ん？　ああ、言ったとも。それがどないした》

「他の裏四神も全部お前が作ったのか」

《ご名答。腑分けや縫合の術を知っとるんは夢幻衆の中でも俺だけやからな》

おまはんにも見せたかった、と蟠雪はくつくつ笑う。

《鬼に上級、下級の違いがあるんと同じで妖にも力の個体差がある。強い妖力を持つ妖には痺れ薬もあんまり効かへんでなァ。意識のあるまま体を切断するしかないんやが、その叫びたるや、おまはんに想像できるか？　助けて、助けてとそれはもう切ない声で鳴くんや。今まさに体を切っとる俺に向かって助けてもクソもないやろうに、妖ってのはホンマ笑かすわ》

蟠雪の引き笑いが、神経を直になぞるようだった。

妖たちは鬼と接合させられることに抵抗しなかったのではない。薬を注入されたがゆえ、抵抗したくともできなかったのだ。

——下衆《げす》野郎が。

怒りで心が震える。

長助も同じように叫んでいたのだろうか。白も、そして露葉も、「助けて」と声を上げていたのだろうか。決して聞き届けられることのない声を——。

《そうそう、祇園社で裏青龍に食われそうになってた妖狐。確か宗旦とか呼んどったか？　あれの左前足を切ったんも、この俺や》

「は……？」

脳裏に、「人間が怖い」と泣く妖狐の姿がよぎった。

片や蟠雪は朗々と続ける。

《素材集めをしに鞍馬山まで行く道中、〝どうしたん？　どっか悪いん？〟なんて話しかけてきたモンやさかい、その瞬間にチョンや》

その声からは悪びれる響きが欠片も感じられない。

《飛んで火に入る夏の虫とはこれのこと。狐やったら妖鬼にする部分は残して肝を疱《ほう》瘡《そう》薬にしてもええし、黒焼きにしても使い道が多い。ま、逃げ足の速かったんは誤算やったけどな。惜しいことをした》

「てめえ、宗旦が、一体どれだけ傷ついたと……」

《おっと逆鱗《げきりん》に触れてもうたか。ほなこれはどうや？　甚太が死んだのは労咳《ろうがい》のせいなんかやない。直接の死因は、俺がくれてやった薬や》

瑠璃は今度こそ絶句した。少なくとも蟠雪は医者としての責務を果たしていたと思ったのに、違ったのか。甚太は、医者の診察を受けるようになってから病状が悪化した——閑馬が聞きつけた噂こそが真相だったのだ。

蟠雪は言った。瑠璃に飲ませたのと同じ不老ノ妙薬、その試薬を労咳に効く薬と偽って甚太に処方したのだと。劇薬に体が過剰な反応を起こし、ゆえに童子を死に導いたのだと。

《どないした。何でそないな顔しはる?》

理由なぞ承知しているだろうに、蟠雪はおもねるように問うてきた。

「どうして、甚太だったんだ」

あまりの怒りに、言葉がうまく出てこない。

《なぜあの子どもを実験台にしたかって? そら俺の体だけやと薬を試すにも限界があるからや。腹立たしいことに反動が出て、ひと月くらい前からあっちゅう間に老いさらばえてもうてな……まあ死ぬよかマシやけども》

ふと合点がいった。蟠雪も自ら妙薬を試していたのだ。さればこそ二十代の若さにもかかわらず翁の見た目になっていたのである。

《何も患者の全員に不老ノ妙薬を渡すわけやない。これと見定めた奴だけに渡すんや。おまはんみたァに普通とは違った力を持つモン、もしくは死にかけとるモンにな。甚太は遅かれ早かれ労咳で死んどった。なら妙薬の実験をして死んだとしても大差ないやろ》

カッ、と脳天に血がのぼった。

生者の命は大切に――以前こう述べていた夢幻衆の矜持《きょうじ》とは、何ら矛盾していないということか。だがそのせいで甚太は苦痛を味わい鬼となった。彼の最期は裏青龍に貪《むさぼ》り食われるという悲惨極まりないものであった。

おそらく相手は瑠璃の感情をわざと煽《あお》っている。動揺する様を見て面白がっているのだろう。元の体に戻ったなら、すべての力を取り戻せたなら、撫物のまじないなど容易く撥ね返してしまえるはずだ。されどかような状況になってもなお、瑠璃の体は非力なまま。どうせ何もできまいと向こうは高を括《くく》っているのに違いない。

が、それも今だけだ。

待ちかねていたささやき声がした。

「見つけたぞ。奴め左向こうの草むらに隠れておるわ」

ようやくか。瑠璃は飛雷に対し、身柄を捕らえるよう心で告げる。

ところが大蛇がさらに体を伸ばし始めるや否や、

《まだ動けるんか。厄介な男め》

と、蟠雪が舌を鳴らした。

見れば池のほとりで権三が上体を起こそうとしていた。

《けっ、あの筋肉が邪魔して吹き矢がよう効かへんかったか……。しゃあない。お喋りはここまでや》

言うなり蟠雪は「やれ」と裏玄武に呼びかけた。

瑠璃は瞬時に青ざめた。

呪術はまだ解けていないのだ。焦れども、手足はやはり動かせない。

大亀の巨体がすう、と池を滑ってくる。鬼の首が、浮島でうずくまる瑠璃に向かってニコリと笑い、口を開ける。飛雷を呼び戻そうにも間にあわない。

鬼の口が浴衣の襟《えり》をくわえ、そうして瑠璃は、水中へと引きずりこまれた。

「……ッ」

池の水が全身を包む。見る見るうちに奥底まで引っ張られていく。ここに至って手足が動くようになった。蟠雪が呪術を解いたのだろう。もがけるものならもがいてみろ、と言わんばかりに。

しかし瑠璃は泳ぎの術を知らなかった。子どもの体で、しかも水中では鬼女の首に一撃を与えることすらできない。そのうち力が入らなくなり、もがくことさえできなくなった。底へ行くにつれ増していく水圧。とうとう瑠璃は、水中で飛雷を手放してしまった。

動けない。

息ができない。

黒刀の輪郭を探そうにも、水中での視界の悪さは絶望的であった。裏玄武はさらに底へ、底へと瑠璃を誘う。瑠璃はただ為されるがまま、抗うことも、声を上げることもできず、深く暗い水に身を委ねるばかり。

不意に、記憶が呼び起こされた。

ずっと前にも似たようなことがあった。

激流に自ら身を投げ、川下へと押し流されながら、己の過去に封をした記憶――それは瑠璃がミズナだった頃の記憶。愛する両親と同族を我が手で皆殺しにしてしまったと、絶望した時の記憶だった。

――あの時わっちは、許されるために身を投げた。苦しんで死ねば、皆も許してくれるだろうと。

だが瑠璃は生き残ってしまった。

そして今一度、己の罪を眼前に突きつけられることとなった。

意識が段々と薄らいでいく。深泥池の中は浮世とは思えぬほど無音で、冷たく澱《よど》んでいた。蟠雪は鬼哭や水弾で攻めるのでなく、最も苦しい溺死《できし》をさせろと裏玄武に命じたらしい。嗜虐《しぎゃく》的なあの男らしい発想だ。

地獄に堕ちるとはこういうことなのだろうか、と薄ぼんやり思う。

すべてから目を背け、消えてしまいたい。この世から、いなくなってしまいたい。

その願いは皮肉にも今まさに叶えられようとしていた。


――人殺し。


――ああ、麗……正嗣……。ごめんなさい。ごめんなさい……。

言葉は水に溶けて消えるのみ。

もはや詫びることさえ認められないのかもしれない。


――あんたがいたから、みんな不幸になった。

——わっちが死んでも、罪は消えないのか。

では他にどんな償い方があるというのか。わからない。瑠璃の左手は遥か遠くになってしまった水面へと伸ばされていた。さりとてその手をつかみ引き上げてくれる者は誰ひとりとしていない。

底へ、さらに底へと、堕ちていく。

「瑠璃、さん」

微かな声がしたのはその時だった。瑠璃は生気を失った目で裏玄武を見やる。

そして瞠目《どうもく》した。

裏玄武の甲羅、水晶の中で眠る妖たちはみな目を閉じ沈黙している。もはや痛みを訴えることもしない。残念だが手遅れであるのは明白だ。

だが、その中で一体だけ、わずかに目を開けている者があった。

——長助。

ごぼり、と泡が口から吐き出される。

袖引き小僧の声は今にも消え入りそうだった。

「どうして泣いてるの、瑠璃さん」

瑠璃は虚を衝《つ》かれた。

「……ねえ瑠璃さん。おいらのことが、見える？」

当たり前じゃないか。瑠璃は顔を歪めてそう答える。その声は声にならなかった。

しかし長助は、瑠璃の答えを察して弱々しく笑った。

「そっか、見えるんだね。よかった。なら、瑠璃さんは大丈夫。大丈夫だよ」

袖引き小僧は心の清らかな者しか目視することができない——したがって見ることができているのなら、心が澱んでいない証にもなる。長助はそう言いたいのだ。

人間を愛する優しい妖は、今この瞬間、自分の身よりも瑠璃の心を案じているのだった。痛みに苛まれ、意識が朦朧《もうろう》としているにもかかわらず。

ドクン、と心の臓が鼓動した。

——わっちは、何を悩んでいるんだ。

体中が激しく脈動する。

——わっちは何を逃げているんだ。逃げずに向きあう。最初から、それしか道はなかったんだ。わっちは、わっちは……。

生きなければ。

刹那、瑠璃の体から青い閃光が発せられた。

「そんな……あの人は、泳げないのに」

麻痺《まひ》した体に鞭を打ち、権三が池の水際へと這い寄る。

池から感じられるのは静けさばかりだ。水面には波の一つも立っていない。まるで裏玄武なる異形も、そして瑠璃も、初めからそこにいなかったかのようだった。

《それより自分らの心配をしたらどうや？　裏玄武が戻ってきたら次はおまはんら男どもの番やで》

「蟠雪、貴様」

《まァ心配せんでもおまはんらの頭領はそのうち浮かんでくるやろう。土左衛門《どざえもん》になってやけ――》

と、蟠雪の言葉は半端に切られた。

水中へと目を眇《すが》めていた権三は息を呑んだ。

池の底が、青く光っている。

同時に聞こえてきたのは裏玄武の咆哮だ。猛り苦しむような、低い呻吟《しんぎん》――蟠雪の声が一転して狼狽《ろうばい》に変わった。

《阿呆な、撫物が、破れて……》

水面が大きく盛り上がっていく。

次の瞬間、鉄砲玉のごとく水面を突き破り、瑠璃が水上へと飛び出してきた。口で黒刀をくわえ、左脇に長助の入った水晶を抱えて。

「頭――」

空中へと飛び上がった姿はもう、幼子の体ではなかった。

長助の想いに触れ、罪と向きあう覚悟を決めた心がついに強さを取り戻したのだ。さらには撫物の呪術までをも打ち破り、元どおりになった体で水晶を裏玄武から引き抜いたのである。

瑠璃は浮島に降り立った。

「長助、今出してやるからな」

浮島の地面に水晶を横たえる。黒刀の先を突き立てると、乾いた音がして水晶の檻は粉々に砕け散った。

《クソが、俺の呪術を破りよったな。お前の水死体を切り開いて、力の正体を暴いたろう思うとったんにっ》

瑠璃は蟠雪の言葉に耳を貸さず、池の中へと目を凝らす。水面にはぼこぼこと大小の泡が立ち始めていた。

裏玄武が、自分を追って再び水上へ顔を出さんとしているのだ。

「……わかっておるな、瑠璃。他の妖たちはもう」

「みなまで言うな。わかってる」

言下に返すと、瑠璃は飛雷の柄を強く握り直した。

膝を折り、浮島の地を蹴る。体が勢いよく宙に飛び上がった。内側から全身へと力が漲《みなぎ》り、胸元にある三点の印が瞬く間に数を増していく。

青の旋風が瑠璃の体を包みこむ。肥大した印は飛雷を持つ左腕に集まった。

瞬間、バチ、と黒い刀身が雷の気を帯びた。

《やめろ、何するつもりやっ》

瑠璃は宙空にて身をひねり、眼下の池を睨み据える。

裏玄武の首が水面に現れた直後、構えていた黒刀を、池に向かって振り抜いた。

バチバチと猛烈な音をさせながら放たれる雷——それは一瞬にして水面に到達し、池の全体を駆け抜けた。

裏玄武はひび割れた咆《たけ》りを上げた。

感電した巨体は激しく痙攣し、鬼の顔面が苦痛に歪む。甲羅にも、そして水晶にも雷が走り、妖鬼たちは次々に黒い砂へと身を変じていく。闇に染まった魂が浄化され、ゆるゆると、美しい月を目指すかのように舞い上がっていく。

瑠璃は浮島に着地した。

裏玄武の体が深泥池から消えていくのを無言で見つめる。魂の浄化はようやく果たせた。これで、二体の裏四神が消えたことになる。

少し安堵したのも束の間、

──あれは……。

裏玄武の体内に見えたのは、裏青龍の体内にあったのと同じ古びた巻物であった。

一体あの巻物は何なのか。

考える間もなく巻物は裏玄武の消滅に従って崩れていき、やがて跡形もなく霧散してしまった。

京の大地が奇妙に揺れ始める。

異様な気を感じて目を転じれば、船岡山のある方角に、あのおどろおどろしい邪気を放つ柱が、轟音《ごうおん》とともに屹立《きつりつ》しようとしていた。

九

瑠璃は飛雷に呼びかける。黒刀はすぐさま大蛇へと変わり、鬱蒼とした草むらに向かって伸長していく。

「ぐあああっ」

草むらから蟠雪の叫びが上がった。そして聞こえた、木の砕ける音。大蛇が六壬占盤を破壊したのだ。

裏四神や妖鬼たちを作り出した医者はもはや抵抗する術もなく、飛雷に肩口を嚙みつかれ、池のほとりまで身を引きずられてきた。

「瑠璃さん、裏玄武は……？」

「すまねえ瑠璃。結界を維持しきれなかった」

池のほとりでは錠吉と双子も体を動かし始めていた。聞けば錠吉と権三は水弾を食らう寸前に法具で弾道をそらしていたそうで、辛くも致命傷は避けられたという。

身悶《みもだ》えする蟠雪を横目に、瑠璃は友へと声をかけた。

「長助、おい長助っ。しっかりするんだ」

袖引き小僧は虫の息だった。四肢の付け根には歪《いびつ》な切断の痕。鬼の手足と切断面が太い糸で強引に縫いあわされているのが見てとれる。

その肌には、いくつもの黒い斑点が浮かんでいた。おそらくは繋がれた鬼の怨念に呑まれかけているのだろう——このままでは数刻ともたないことは素人目にもわかる。瑠璃は焦燥に息を荒くした。

「ひひ、ひひひ。柱が立った。玄武の〝禍《まが》ツ柱《ばしら》〟が立ったで。綺麗やなァ」

一方で事の張本人である蟠雪は、船岡山に現れた謎の柱を見て歓喜していた。目がぎらぎらと血走り、口元に広がっているのは狂気の笑みだ。

「……飛雷。しっかり嚙みついておけ」

瑠璃は鋭く蟠雪をねめつけるや、有無を言わさず胸ぐらをつかむ。

凄まじい気迫に圧されたのだろう、蟠雪の目に恐慌が兆した。

「お、俺を殺すんかっ？　嫌や。死にたァない」

多くの生を弄《もてあそ》んでおいて、今さら命乞いか。しかし瑠璃は射殺さんばかりの眼差しをしつつも言葉を吞みこんだ。

「まだお前に死んでもらっちゃ困る。聞かなきゃならないことが山ほどあるからな。だが、まず何よりも先に、やるべきことが残ってるだろ」

「は？」

「お前、長助の姿が見えるか」

蟠雪の目が妖鬼へと動く。が、寸の間を置いて首を振った。

「袖引き小僧は、俺には見えへん」

「……だろうと思った。じゃあどうやって長助を捕まえた？　見えないのにどうやって手足を切ったんだ」

「気配だけはわかったさけ、手探りで」

切断面がこれほど歪んでいるのはそのせいか。

瑠璃は激情を必死に押し留め、腹の底から声を絞った。

「長助の体を元に戻せ。手探りでもいい、わっちが横で指示する。鬼の手足と繋ぎあわせたのがお前なら、元どおりにすることもお前ならできるはずだ。違うか」

「そ、それは、できなくもないが」

「妖鬼をどこで作っていた。診療所のそばか？」

「……診療所の、地下」

腑に落ちた。だからあの診療所には途轍《とてつ》もない異臭が漂っていたのだ。さしずめ奥に地下への隠し階段があるのだろう。

必要なことだけ聞き出すと今度は双子に向き直る。双子は瑠璃の意図を酌《く》んだらしく、黙って請けあった。

発現した鎖が蟠雪の体をがんじがらめに締め上げる。体の自由が利かなくなり、蟠雪は声を引きつらせる。

すかさず権三がその首根っこをつかんだ。

「行くぞ。言っておくが、この状況で逃げられると思うなよ」

どすの利いた声で釘を刺し、権三は蟠雪を引きずるようにして歩きだした。筋骨隆々とした腕に捕らえられていてはさすがの蟠雪も観念するしかなかろう。頭を垂れて歩く様は、さながら刑場へと連れていかれる罪人だ。

もっとも、鎖の結界は蟠雪の体を縛るだけで苦痛を与えることはなかった。

——麗が結界に苦しんでこいつには効かねえんだから不条理な話だ。袖引き小僧の姿も見えやしないのに。この男の心こそ、鬼と呼ぶにふさわしいだろう。

瑠璃は嘆息すると、次いで錠吉と視線を交わした。

錠吉は無言で長助の体を背におぶる。長助の口から細いうめき声が漏れた。歩く震動が応えるのかもしれない。

　居ても立ってもいられず瑠璃は長助の頭へ手を伸ばした。

「もう少しだからな、長助。あと少しだけ辛抱してくれよ」

「う、ん……」

「おい蟠雪」

　前方を歩く権三が再度、低い声を発した。

「体はろくに動かせないだろうが、口は動くだろう」

「……拷問する気かいな」

「拷問になるか、単なる問答になるかはお前次第だ」

　蟠雪はいかにも渋い顔で歯ぎしりした。

「俺から何を聞きたい」

「麗のことだ。あの子はお前たちから折檻を受けているそうだな。手慰みにするためにあの子を一味に引き入れたのか」

　返答の如何《いかん》によっては容赦しない。権三の声は暗にそう告げていた。

　すると蟠雪は「あほらし」と片笑んだ。

「知っとるか？　麗はな、鬼と人間との間に生まれたガキなんや」

瑠璃は二人の話を後方で聞きつつ、地面を流し見た。

「鈍間《のろま》なところが苛々するが、麗はそんじょそこらの人間とは違う力を持っとる。俺らの陰陽道を扱えるだけの、力を。ただし俺らホンマもんの陰陽師には遠く及ばへんけどな」

「お前たちは土御門《つちみかど》家の人間なのか？」

そう問いかけたのは錠吉だ。

土御門家は、かの晴明が率いた安倍家の流れを汲み、正統な陰陽師として今に現存する唯一の家系である。

蟠雪の顔が一瞬、凝固した。

「……土御門なんぞと一緒にするな。陰陽道の才は、土御門より俺らの方が圧倒的に上や」

何せ長い歴史上で誰ひとり為し得なかった「不死」を実現しようとしているのだから——蟠雪はしたりげな顔をしてこう続けた。

麗を除く夢幻衆の三人は、これまで裏四神の操作に従事しつつも、各々がまったく別の切り口から不死を追求してきたのだという。蟠雪は陰陽道と医術を独自に組みあわせて不死を研究していた。その一環で生み出されたのが不老ノ妙薬だ。

不老、すなわち永遠の若さを手に入れれば、不死なる存在に近づけると思い至ったのである。

「人間の体には陰と陽、二つの相反する気が宿っとる。どちらも命の源や。が、どちらか一方だけに偏れば、命は段々と弱ァなっていく。人間が死ぬのは元を正せばこれが原因や。反対に、陰陽の調和さえ取れれば肉体も精神も若々しいままでいられる……わかるか？　不老ノ妙薬はな、陰と陽の要素を整える薬なんや」

蟠雪は不老ノ妙薬を完璧なものに仕上げるべく、様々な実験を繰り返した。種々の材料を調達した。刑場から罪人の死骸を密かに持ち出し、鬼が出没したと聞けばその地に出向き、伝承を頼りに妖の住み処を訪れた。

――こいつが磯六の噂を詳しく知ってたのは、刑場に出入りしていたからだったのか……。

瑠璃に磯六の委細を聞かせたのは実のところ、鬼退治という激しい運動をさせることで薬のまわりを早めるためだったのだろう。刑場にて素材となる骸《むくろ》を盗み、あまつさえそこで仕入れた情報までをも利用したのだから抜け目のない男だ。

かくして蟠雪は人、鬼、妖の体を次々と入手していった。妖に目をつけたのは、彼らもまた不老不死に近い存在だからだ。人間よりも長寿な妖を素材に使えばよりよい妙薬が作れると踏んだのである。夜闇に乗じて妖を狩り、彼らの体を切断し、あるいは腹を切り開いた。

その過程で蟠雪は一つの気づきを得たという。

鬼と妖。両者の体の相性が、非常によいという気づきを。

「よう考えたら当たり前のことやった。本質はまるで違うが、鬼も妖も〝陰〟の存在なんやから。優れた部位を寄せ集めれば陰の気はいっそう高まる。並の人間じゃ歯が立たへんほどの、濃密な陰の気が生まれるんや」

異なる「陰」と「陰」が互いに相乗効果をもたらし、より甚大な力を生む。

裏四神なる妖鬼はこうして作られたのであった。

「お前らも、裏玄武のあの美しい姿を見たやろう？　俺はまさしく天才や。たとえ神や仏でもあないな作品は生み出せまいて」

己の芸当を称賛し、蟠雪はうっとりと夜空を振り仰いでいた。

——こいつらの勝手な思惑のために、長助は。

瑠璃はやりきれぬ思いで錠吉の背に目を向ける。双子も同じ心境なのだろう、物哀しい表情で長助を見つめていた。

蟠雪の診療所まで、あと十町ほど。

長助の肌には一つ、また一つと黒い斑点が生じていた。力なく背からずり落ちかけた体を慎重に背負い直し、錠吉が再び口を開いた。

「強力な妖鬼、裏四神を作り、京中の結界をことごとく破壊する……それがお前たち夢幻衆の計画なのか？　鬼門、神門に、大将軍。三つの結界を壊したのはお前たちなんだろう」

「ふん。江戸モンがよう調べたな」

「なぜそんなことをした？　結界破りが不死に繋がるのか？　お前たちは三つの結界に止まらず、稲荷の結界、そして最終的には四神の結界を破ろうと――」

しかし錠吉の言葉はそこで遮られた。

「四神の結界を、破る？　アホなこと言いなや」

黒雲の五人は一様に眉根を寄せた。対する蟠雪はさも呆れたと言わんばかりの顔で頭を振っている。

「俺ら夢幻衆が四神の結界を破るなぞとんでもない。その逆や。四神の力を、掌握する。これが俺らの計画よ」

「掌握だと」

「ええか、四神は京に侵入してくる邪気を撥ね返すだけのモンやない。実際にはもっと大事な役目を担っとるんや。京の中心に座す、最も重要な神獣――〝麒麟《きりん》〟に力を注ぐっちゅう役目をな」

麒麟――遥か昔から信仰を集める、想像上の神獣である。

鹿の胴体に馬の蹄《ひづめ》、全身がまばゆい鱗《うろこ》に覆われており、古代の大陸においては賢人や優れた王の前に姿を現す瑞兆とみなされた。その神秘なる力は龍神にも匹敵すると畏怖され、大陸の風水のみならず日ノ本の陰陽道にも影響を与えた。

――それを言うなら正しくは〝五神〟やろうて。

陀天の声が耳にこだました。

東の青龍。北の玄武。西の白虎。南の朱雀。

そして、中心の麒麟――。

「だが結界が張られておよそ千年、今の四神は昔のようには役目を果たしてへん。せやから俺らが妖鬼を使って四神の力をすべて握り、麒麟に注ぎこむ。そうして四神の力を一身に受け取った麒麟が〝不死の秘法〟を行えばあら不思議、永遠の命がもたらされる……ざっとこないな寸法やな」

いわく他の結界を破壊したのは単純な話、一連の計画の妨げになることを危惧したからだという。魔を弾く結界が京に点在していたのでは、なるほど妖鬼を動かしにくい。一方で陀天が張る稲荷の結界はなお堅牢さを誇っているが、すでに他三つの結界を破った今、さして支障はなかろうと蟠雪は嘯《うそぶ》いた。

片や瑠璃は釈然としなかった。

夢幻衆の計画の全容はこれで知れた。が、引っかかる要素がある。

麒麟なるものの存在だ。

もし、蟠雪が言うように麒麟が「不死の秘法」を行うのだとすれば。

「まさか麒麟とは、人なのか……？」

するとこれに答えたのは意外にも栄二郎だった。

「昔から麒麟は縁起のいい瑞獣として絵の題材になってて、それでいつだったか聞いたことがある。麒麟は優れた王の前に現れるとされてるけど、王そのものを麒麟とみなすこともあるんだとか」

人間を聖なる神獣と重ねあわせるとは、真の神である陀天や飛雷が聞いたらいかにも失笑しそうな説だ。

されど瑠璃の腰に巻きついた黒蛇は、笑わなかった。

「特段に耳新しい話ではない。古より人は神に畏れのみならず、憧れを抱いておった。神に近づき、果ては己が神になろうとな」

人智を超えた力に惹かれるのは、人の常なのかもしれない。

京の中心に座す王、麒麟――結界が張られた平安京の時代を思えば、それはまず間違いなく「帝」であろう。

瑠璃の背に嫌な汗が伝った。

「蟠雪。つまりお前たち夢幻衆の裏には、麒麟と称した黒幕がいるってことだな」

「ひひ、黒幕か……有《あ》り体《てい》に言えばそうなるわな」

考えたくないことではあるが、問わないわけにもいかない。

「それは今の天子さまか」

寸の間、妙な沈黙がおりた。

蟠雪はニイ、と前歯の抜けた口をほころばせてみせた。

「答えろっ。お前らの裏にいるのは帝なのか？」

「ひっひ、だとしたらどないする？」

明瞭に答えようとしない蟠雪の体を、権三が強く引っ張った。蟠雪は小さく悲鳴を上げるも、すぐにケタケタと耳障りな笑い声に立ち返る。

かくなる上は、少し手荒な方法に打って出るしかあるまい。友へ医術を施すにあたり支障が出ない程度に――。

そう考えた矢先、

「瑠璃さん、長助が」

栄二郎の声を聞き、慌てて目を走らせる。

袖引き小僧の息はいよいよ細くなってきていた。肌は先ほどにも増して黒い斑点に覆い尽くされ、口からはひゅう、ひゅうと掠れた呼気が漏れている。

――診療所まであともう少しだってのに……。

煮え切らない蟠雪との問答など後まわしだ。

「長助、しんどいかもしれねえが急ぐぞっ」

足を速めながら、瑠璃は必死で考えた。

たとえ鬼の手足を除去できたところで、放っておけば怨念に耐えきれず友の命は絶えてしまうかもしれない。もっと根本から怨念を取り除かなければならないのだ。

瑠璃は腰元の黒蛇を一瞥し、すぐに視線をそらした。

――駄目だ。長助に刀を突き立てるなんて、わっちにはできない。

では一体、どうすれば。

もし怨念にも対抗できるだけの薬でもあれば体内から治すことも可能だろうが、瑠璃にも男衆にも医術の知識はほとんど皆無である。医術を邪《よこしま》な思想で用いていた蟠雪には、体を元に戻す以上の期待はできまい――と、ここで思い当たった。

いるではないか。蟠雪の他にも知識を持つ者が。

常に瑠璃たちの身を案じてくれた、信頼できる友が。

「露葉……」

つぶやくが早いか瑠璃は蟠雪に駆け寄り、たるんだ頬肉を殴打した。

「ぐ、うっ、何するんやこのアマっ」

「お前とまどろっこしい言葉の応酬をするつもりはない。すぐに答えろ。露葉と白はどうした」

蟠雪は唇から血を流しながら、苦りきった目でこちらを睨む。瑠璃はもう一発、問答無用で重い拳を食らわせた。

「わっちと同年代くらいの見た目の山姥に、白い猫又だ。百鬼夜行にいたのをお前がさらっていったんだろう」

「ああ、覚えているとも」

と、蟠雪の顔に下卑《げび》た笑いが浮かんだ。

「忘れるはずもない。そこにいる袖引き小僧もなかなかやったが、あの二体はさらに特別やった。あれを狩れるとはとんだめっけもん、外見やとわからへんが内に見事な力を隠しとったさかいな。山姥は妖艶な化鳥《けちょう》に、そして白猫は……ひひ、傑作やで。白猫は、でっかい虎になりよった」

ざわ、と胸に黒い感情が立ちこめた。

「この野郎、よくも……」

化鳥。虎。

聞くまでもなく裏朱雀、そして裏白虎のことであろう。

「吐けっ。裏朱雀と裏白虎は今どこに——」

その時だった。瑠璃の視界に、白い何かが閃いた。咄嗟に手をかざす。

「油断しよったな」

一筋の血が、瑠璃の手首から滴った。

見れば蟠雪は呪術で発現させたのだろう、いつの間にか白い小刀を握っていた。その足元には断ち切られた鎖。従順になったと見せかけて、腹中では反撃の機を窺っていたのだ。

「結界に明るいんがお前らだけやと思ったか？　時間はかかったがこれしきの鎖なら

体を縛られとっても解ける。甘く見なや」

「この……っ」

捕らえようとする権三の手から素早く逃れ、蟠雪はニタリと笑ってみせた。

「妖鬼なしでも戦う方法はあるんやで。さあ、これで終いや」

言うと指で手刀を作り、呪を唱え始めるではないか。これを見た瑠璃と権三は駆けだした。

「何か術を繰り出す気だ、最後まで唱えさせるなっ」

が、瑠璃たちが駆け寄るよりも先に、蟠雪の声が不意に途切れた。何事だというのか、目が、肩が、ついには全身が震えだす。

次の瞬間、蟠雪の口から夥《おびただ》しい量の血が吐き出された。

瑠璃たち五人は動転した。

単に殴打しただけでこうなったのか。否、瑠璃は力を加減していた。蟠雪を死なせてしまえば手術ができないからだ。にもかかわらず、蟠雪は瑠璃たちの目の前で悶え苦しみ、断末魔の叫びを発している。

原因はすぐに判明した。

「体が、俺の体が……あ、ああ熱い……」

たちまちにして、蟠雪の体から湯気が出始めた。瑠璃の体が幼くなってしまった時とまったく同じ現象である。ここに至って蟠雪自身の体でも試していた妙薬が、老衰のみに止まらずさらなる反動をもたらしているのに違いなかった。

瑠璃たちが言葉を失う中、

「ひ、ひひっ」

狂った高笑いが一帯に響き渡った。

「俺は死なへんぞ。たとえこの体が朽ち果てようとも、俺の魂は、不死となる。おお〝ドウマンさま〟、偉大なる師よ……今、あなたさまの下へ……ひひ、キヒヒヒ」

あたかも草木が枯れていくかのごとく、見る間に体から水気が失せていったのを最後に、蟠雪は木乃伊《ミイラ》と成り果てて死亡した。

直後、木乃伊の口から小さな光の玉が飛び出した。

引き寄せられるように宙を浮遊したかと思うと、南西の空へ消えていく。

——そんな。

瑠璃は呆然としていた。

——蟠雪が死んじまったら、誰が、長助を元に戻せるんだ。

診療所まで、あとほんの少しだったのに。立ち尽くす瑠璃の耳に、ふと声が届いた。錠吉の背から聞こえる、微かな声が。

「さん……瑠璃さん……どこにいるの……？」

瑠璃は正気づいた。

踵を返し、長助と目線をあわせる。もう何も考えられなかった。

「ここにいる。ここにいるよ長助」

落ち着かせるように返しながら、瑠璃は唇を噛んだ。

黒い斑点は友の双眸《そうぼう》にまで達していた。おそらく長助は、こちらが見えていない。

濁った瞳がもはや何の色も輪郭も映していないことは明らかであった。

錠吉が何かを悟ったように、黙って長助の体を背から降ろす。彼が何を察したのかは、わかる。わかってはいるが、認めたくない。

——嫌だ。こんな気持ちは、嫌だ。

瑠璃は左手を、地に横たえられた友の頬に触れた。

「長助、お願いだ。もう少し、あと少しだけ時間をくれ。わっちが、必ず、何とかするから。だから……」

「ねえ瑠璃さん。おいらはもう、死ぬんだよね」

瑠璃は息を詰めた。

「死んだら、どこに行くのかな。妖も浄土ってところに行けるのかな。でも、そこに、皆はいないんだよね……独りで行くのは、寂しいな」

「長助——」

言葉にならない。震える手を、ただ頬に添えてやることしかできない。

そんな瑠璃の心情を感じ取ったのだろうか、長助は先刻と同じように「泣かないで」と繰り返した。

「大好きだよ、瑠璃さん。瑠璃さんと笑ってる時間が、とっても好きだった。おいらのこと、忘れないでね。大好きだよ。大好きだよ——」

今際《いまわ》の力を振り絞るように、長助はにっこりと微笑み、目を閉じた。

それきり、つぶらな瞳が開くことは二度となかった。

袖引き小僧は永い眠りについた。

十

またぞろ、雨が降っていた。

だが今度の雨は霧時雨《きりしぐれ》だ。天空から微細な雫が絶え間なく降り注いでは、塒の屋根にしっとり染みこんで消えていく。儚げに降る雨はまるで、浮世から消えてしまった者を天が悼《いた》んでいるかのようだった。

友の死を知った妖たちは涙に暮れた。

「どうして、長助さんが。どうして」

泣きじゃくるお恋とこまの頭に、油坊がそっと手を置く。

口をきつく引き結ぶ面差しからは、悔しさが窺えた。

「もっと早く百鬼夜行に戻ればよかった。俺の怪火があれば、長助たちをただでは連れて行かせなかったのに……」

「なあ瑠璃」

がしゃに水を向けられた瑠璃は、伏せていた視線を緩慢に上げる。事の次第を告げる間も畳を睨むばかりで、友らの顔をまともに見ることはできなかった。瑠璃の両脇では双子もまた沈痛な面持ちで目を落としていた。

「長助が、一体何をしたって言うんだ？　手足を切り落とされるほどの何かをしたのか。鬼の体とちぐはぐに縫いあわされなきゃいけねえような何かを、死ななきゃならねえような何かを、あの長助がしたって言うのか。なあ答えてくれよっ」

「……何も」

妖たちの様相が打ちひしがれたものになった。

「長助は何も悪くなかった。何の罪もなかった」

「じゃあどうして、死ななきゃならなかったんだ」

がしゃは愕然としていた。信じられない。まるで意味が理解できない。妖たちの心情がひしひしと言外から伝わってくる。

髑髏の問いに対する答えを瑠璃は持ちあわせていなかった。無垢《むく》な袖引き小僧が死に値する理由など、何一つとしてなかったのだ。

どうして。

――長助は、いつだって笑顔だった。

どうして。

――最期の最期まで、わっちを心配させせまいと、笑顔で。

「瑠璃さん。もう長助さんに、会えないんですか……？」

やるせない思いに押し潰され、瑠璃はものも言えないまま首を垂れる。

無言を肯定と察したのだろう。お恋の丸い瞳からひときわ大粒の涙があふれ、畳へと落ちていった。

「そんなの、嫌……嫌です……」

妖は人間よりも遥かに長生きする存在だ。長助も自身が何歳なのかをはっきりとは認識していないくらいだった。

まさしく長寿。

けれども、「不死」ではない。

果たして長助の死は、妖の生も人間と同様に儚く脆《もろ》いものだという事実を、鈍い痛みをもって瑠璃に知らしめたのだった。

長助には、もう会えない。

あの頑是《がんぜ》ない笑顔を見ることは、二度と叶わない。

——泣かないで。

長助には瑠璃が泣いているように思えたのだろうか。鬼の怨念に身を蝕まれ、視界から光を失い、死に手招きされている瞬間も、袖引き小僧は人の心の本質を見ていたに違いなかった。

「露葉どの、白どのは、まだ捕まったままであるか」

不意に狛犬が尋ねてきた。

瑠璃はこまの湿った瞳を見つめ、首肯する。

そうか、とこまはうなだれた。

「……ふたりは今もきっと、苦しんでいるのだ。ひどい苦しみだ。拙者も時々、思い出す。鬼と一つにさせられる苦しみは、そう、底なしの泥沼でもがくようなものだ」

こまは過去を思い返すかのように宙を見やり、ぎゅっと両目をつむった。

「口から鼻から怨念のまじった泥が無理やり、ひっきりなしに入ってきて、息ができない。誰かを呪う鬼の声が体中に響いて、聞きたくないと思っても逃げられない。もがけばもがくほど深みにはまっていく。それなのに気を失うこともできないのだから、泥沼に沈むよりもっと辛いかもしれない。そのうち起きながらにして悪い夢を見るのだ。腹の中に溜まった泥から、怨念の芽が顔を出す夢を。まるで、自分が自分じゃなくなっていくような……恐ろしい夢なのだ」


ひとり堀川沿いに佇みながら、瑠璃はこまの言葉を反芻《はんすう》する。

——自分が自分じゃなくなっていく夢……か。

引かれるがまま深泥池の底へ堕ちていった自分。あの時感じた絶望よりもさらにひどい苦しみが存在するというのなら、それは月並みな言葉では表現できぬほどの辛苦に違いない。


錠吉と権三には蟠雪の診療所地下を調べてもらっていた。時間を置いて帰ってきた二人は、妖たちに聞かれぬよう配慮しながら、目にしたことを瑠璃に報告した。

予想していたとおり地下への隠し階段は奥の間にあったそうだ。隅にあった木箱をどかすと床には呪符が貼ってあった。おそらくは何人《なんぴと》たりとも地下には入れぬよう結界が施されていたのだろう。が、それも術者が死ねば解ける。

地下へと下りた二人が見たのは、目を覆いたくなるほど凄惨な有り様であった。

広く真っ暗な地下、その中央には大きな作業台が据えられ、鈹《ひ》鍼《しん》や鋏《はさみ》などの物々しい器具が置かれていた。外からの光が一切差しこまぬ閉塞《へいそく》空間。生臭い血と脂がべっとりこびりついた器具。胸が悪くなるほど異臭のこもったこの部屋には、黒ずんだ血しぶきが壁のそこかしこに飛び散って模様をなし、床には、妖鬼の残骸が雑然と転がっていたという。塩漬けされた鬼の鼻。血のついた乳房。そして妖たちの手足や、生首が。

錠吉と権三は伏し目がちに、瑠璃に向かって二つのものを見せた。診療所の地下で発見したのだと言って――二人の手の中にあったのは、白猫の毛と、山姥がまとっていた、紫陽花の着物の切れ端であった。

鬼と妖、陰と陰。両者の「体」の相性は抜群だったと蟠雪は述べた。

されど「心」はどうだろうか。

明るく、愛情深く、恨みとは無縁の妖に対し、鬼は言うなれば恨みつらみの権化《ごんげ》だ。いくら体の相性がよかろうと、心の相性は別なのである。

そして今この瞬間も、友らは鬼の怨念に蝕まれ続けている。耐えがたき苦痛に苛まれている。

――残る夢幻衆は二人……。

ざあざあと流れる水の音を聞きつつ、瑠璃は川面を睨む。雨足はいったん止んでいるものの、水嵩《みずかさ》が増した川は荒いうねりを見せていた。

——何があっても追い詰めて、白と露葉を、きっと取り返してみせる。

「なれば、やはりあの娘を夢幻衆から引き離さねばならんな」

腰帯に巻きついた飛雷が卒然と口を開いた。

「麗のことだな」

「左様。夢幻衆を倒そうにもあの娘がいたのではやりにくいじゃろう。また人質にでもされれば、特にお前や権三は手も足も出せまい？　……それに、あの娘は望んで夢幻衆にいるようには見えなんだ」

最後の発言は思いもよらなかった。

「己が己でなくなっていく夢。狛犬が言うておった悪夢を、おそらく、鬼の血を宿すあの娘も見ておるのじゃろうな」

瑠璃はふっと眉を下げた。

これまでほとんど無言を貫いてきた飛雷だが、その実、無言の内では麗を憂慮していたのだ。

黒蛇にとっても麗の存在は他人事ではない。童女に対する罪の意識は、龍神たる飛雷の心にも根を下ろしていたのだった。飛雷にもはや人を憎む気持ちがないこと、人を慈《いつく》しむ心が戻っていることの証左と言えよう。

「飛雷。わっちが幼子の体になった次の朝、お前は権さんだけを起こしたよな。外へ出ていったわっちを探しに行けと」

「したがどうした」

「他の男衆を起こさなかったのは、わっちと権さんを二人だけで話させたかったからじゃないのか。権さんには復讐者としての過去がある。その経験から、わっちに何か助言を授けてもらえるかもしれないと、そう考えたんだろう？　わっちが罪に悩んでいるのを感じ取って」

「……何のことやらわからんな」

すげなく言うと黒蛇は川下へ鎌首を向けた。

相変わらず素直ではない。瑠璃は心の中で苦笑した。

「ふん、噂をすれば何とやらじゃな」

飛雷と同じ方向に首を巡らせる。

塒の方から権三がこちらへ歩いてくるのが見えた。ふらりと出ていったきり戻ってこない自分を心配してくれたのだろう。顔を見ればわかる。

「またここにいたんですね、瑠璃さん。飛雷も」

「うん。ちょうどよかった。権さんに聞いてほしいことがあるんだ」

「俺に？　何でしょうか」

瑠璃は権三へと向き直った。

「この前ここで話していたことの、続きだよ」

だがいざ話そうとすると、声が喉の奥で詰まった。

瑠璃は堀川の流れに視線を漂わせる。この、ともすれば吸いこまれてしまいそうな流れはどこに繋がっているのだろう。五歳のミズナは激流に身を投じたが死にきれず、江戸の大川で拾われて生き延びた。己が心を守るため、記憶に固く封をして。

それから二十一年もの時が流れ、奇《く》しくも五歳の体に戻ってしまった自分には、あの時と同じ魔が差した。

「わっちは……麗に罪を責められて、死んでしまいたくなった。いっそ罪から目をそらして、人生からも逃げてしまおうと考えた」

やはり権三はこの心情を悟っていたらしい。口を差し挟むことなく、黙って瑠璃の告白に耳を傾けた。

「過去を清算することなんて誰にもできない。罪は罪として、わっちが一人で背負わなきゃならない。でもわっちは、それが怖かった。耐えきれないと思った。お前は悪くないと誰か第三者に味方してほしかったのかもしれない。正直、心のどこかで麗に許してもらえるんじゃないかって、期待してたのかもしれない。けれど権さんに言われてやっと、間違いに気づいたよ」

あなたは許されたいと考えるべきじゃない。

権三の言葉は瑠璃の胸に強く響いた。

「それにね、長助が、勇気をくれたんだ。罪と向きあう勇気を」

罪を背負って、生き続ける勇気を――。

「だから大人の体に戻ることができた。ようやく、本当の意味で気づいたんだ。たとえわっちが死んでも麗への罪滅ぼしにはなりえないって。ならどう贖罪《しょくざい》を果たせばいいのかは……答えなんてないと、権さんは言ったね」

「はい」

しかしながら権三はこうも言い添えていた。

瑠璃には、償いの機会が与えられているのだと。

悩み抜いた末に、瑠璃は自分なりの答えを見出した。

「まずは麗を、夢幻衆の悪行から逃がす。あの子には連中の言いなりにならなきゃいけない理由があるはずだ。あんな暗い目をしているのは、もちろんわっちが原因だろうけど、夢幻衆も少なからず関係しているはず。その後はあの子の額にある角を……鬼の角を、取ってやりたい。鬼の恨み、それと怒りを、取り除いてやりたいんだ」

権三は顔を曇らせた。

「ですがそうなると、飛雷を使わなきゃいけないんじゃ」

「麗を斬らずに鬼の怨念だけ斬る方法を探してみる。どうだ、飛雷」

「ふむ。可能かどうかはわからぬが、模索してみるのもよかろう」

もしも怨念とそれ以外を斬り分ける方法が見つかったなら、転じて白と露葉を救う手立てにもなるはずだ。

——麗は、わっちになんか救われたくないかもしれない。

瑠璃は童女から余計な世話だと撥ねつけられるのを覚悟していた。さりとて彼女が心身ともに夢幻衆に支配されていることは今や論を俟《ま》たない。ここ京にあって夢幻衆に対抗しうるのも、鬼の角を取り除く可能性を持つのも、黒雲ひいては自分しかいないだろう。

——あの子を救おうとすれば、また恨まれるかもしれない……けど、それでも、行動することがわっちの義務だ。

麗の心がほんの少しでも安らかなものになるならば。

そこに、一縷《いちる》の望みがあるならば。

「麗に対してできる償いは、他にも何かあるかもしれない。今はまだわからないけど、考え続けようと思う。わっちの生涯をかけて」

「つまりそれが、あなたの出した償いの答えというわけですね」

瑠璃は深く首肯した。

「そうだ。自分の犯した罪業に苦しみ、死者を悼み、どう償うべきかと悩み続ける。何度も、何度でも過去に思いを馳せ、重しを背負って生き続ける。そのうちまた心が折れてしまうかもね。それでも繰り返し、自分に何ができるのか考え抜く――罪の重さを自覚し続けることこそが、わっちにできる、唯一の贖罪だと思うから」

皮肉なものだと、つくづく思う。

死を厭い永遠の若さと命を求めた蟠雪は、それがゆえに老いさらばえて絶命した。一方、罪の重みに耐えかね生から逃げようとした瑠璃は、苦悩の果てになお生きて、罪を償い続けることを選択した。

正直なところ、これが最良の選択なのかと問われれば確たる自信はなかった。何しろ答えなど誰にも知り得ないのだ。

では、同志はいかに感じただろう。かつて罪を追う側、つまりは麗と同じ立場だった同志は果たして――。

　権三はしばらくの間、瑠璃の瞳を吟味するようにのぞきこんでいた。

「……元より俺には、正解か否かを断じることはできやせん」

　ですが、と権三は表情を和らげた。

「あなたの覚悟はしかと伝わりました。俺は同じ黒雲の一人として、瑠璃さん、あなたの選択を支持します」

　我知らず、肩の力が抜けた。

　罪は他の誰かに一緒に背負ってもらえるものではない。苦楽をともにしてきた、家族同然の存在であってもだ。だが「支持する」と、その言葉だけで胸のつかえはわずかながらも薄らいだ。

　感謝を口にする瑠璃に対し、権三はさらに続けた。

「あなたがどれだけ悩んだかは、ちゃんとわかっているつもりですよ。けれど、あえてもう一つ言わせてください。償いに生涯をかけると決めたのは支持しますが、罪の重さに頭を垂れ、必要以上に下を向いて生きることはない」

「咎人でも、か」

「罪は罪。向きあうべきものでしょう。しかしあなたが暗い感情を抱えたまま人生を生きるのは、また別の罪になりかねません」

「……別の罪？」

「要は俺たちが困るってことですよ」

権三は鷹揚《おうよう》とした笑みを浮かべた。

「頭領が浮かない顔ばかりしていたんじゃ日常にも鬼退治にも支障が出ちまうでしょう？　お恋たちだってそう。長助を喪ってしまった今、妖たちの傷ついた心を癒やせるのはたぶん、瑠璃さんだけだ」

意表を突かれた。

今までは、妖から元気をもらっていた。癒やしを与えてもらっていた。なら、今度は自分の番ではないか。

「あなたらしく胸を張りながらでも償いを果たすことはできるはず。俺はそう思います。いいですか、これは是非とも覚えておいてくださいね」

温かくも力強い声を、瑠璃はしばらく胸に反芻し、頷いた。

麗への贖罪も然り、京でやるべきことは山積している。謎のままとなっている事柄も依然として多い。とりわけ蟠雪は、最期に気がかりな言葉を口にしていた。

つと、瑠璃は川下の方へ視線を滑らせる。

埘から川を挟んでほぼ正面には、安倍晴明を祀る晴明神社が、ひそやかな風格を漂わせていた。

「蟠雪の言ってた〝ドウマンさま〟っていうのは……」

そこまで述べて、言葉をいったん奥に引っこめる。

陰陽師。

ドウマンさま。

この二つから思いつくのは、一人の人物しかいないのだが――。

権三も瑠璃と似た心境なのだろう、疑わしげに眉をひそめていた。

「かの晴明公と同じ時を生きた陰陽師――蘆屋道満が、奴らの裏にいる黒幕なのでしょうか」

蘆屋道満。

安倍晴明の名を知る者なら必ずや、彼についても耳にしたことがあるだろう。

道満は播磨国《はりまのくに》に生まれ、京で暗躍したとされる民間陰陽師だ。彼の逸話もいくつかの物語として今に残っているが、そのほとんどは安倍晴明の敵方として描かれる。官職には就かず怪しげな呪術をもって人々を惑わした、といった具合に晴明とは対極の立ち位置であることが多い。しかしながら、一般の民間人であったためか道満にまつわる伝承は極端に少なく、存在すら疑問視する声があるほどだ。言わば晴明よりも謎多き人物である。

ともあれ道満は晴明と同じく平安の時代を生きた者、八百年も昔の人物だ。

仮に道満がまこと黒幕だったとするならば、夢幻衆はかの人を「麒麟」と崇め、四神の力を注ごうと尽力していることになる。

「麒麟か……」

「平安京では、天子さまを指していたんですよね……」

「いや、やっぱりありえないよ。あの帝が蘆屋道満だなんて、まさかそんな」

瑠璃は浮かんだ考えをすぐさま打ち消す。が、疑念は腹の内にくすぶり続けていた。何しろ現在、不死という伽話《とぎばなし》のような目的を公然と掲げる者たちと対峙しているのだ。どんな突飛な話でも、ありえないと決めてかかるのは早計かもしれない。

はてさて、蟠雪はとんでもない謎を遺してくれたものだ。

六年前に幕府の将軍と対立し、敗北を喫した第百十九代の帝、兼仁《ともひと》天皇。よもやあの決戦を経ても懲《こ》りることなく、またしても世を根本からひっくり返そうと企んでいるのだろうか。

八百年も昔の人間が今なお生きているなどと俄には信じがたいが、もし、道満なる

者が本当に今も存在しているならば、

――八百年あまりの歳月を生き永らえて、それでもまだ満足せずに不死を追い求めるなんて……道満ってのは一体、何者なんだ。

晴明公ならば知っていたのだろうか。

蘆屋道満がいかなる人間で、いかなる思想と力を持っていたのか、よく心得ていたのだろうか――。

瑠璃は晴明神社を思案げに見つめ、遠く昔の京へと想像を馳せた。

終

明くる朝。

瑠璃は栄二郎と連れ立って千本通《せんぼんどおり》を歩いていた。

雨は降っては止みを繰り返し、またもしとしとと弱めに降り始めている。

二人が向かう先は閑馬の家。気が重いことこの上ないが、妖たちの身を案じていた閑馬にも事の顚末《てんまつ》を伝えておかねばなるまい。蟠雪の居所を探ってもらっていたのだからなおさらだ。

彼の家に足を運ぶのはずいぶんと久しい。そう思いながらひとり支度を整え、塒を出ようとした瑠璃だったが、行き先を聞いた栄二郎が自分も行くと名乗りを上げたのだった。

「宗旦も、そろそろ閑馬先生の家に戻ってる頃かな」

濡れそぼった地面を踏みしめながら、瑠璃はつぶやく。

瑠璃たちが塒へと戻った後、長助の最期を知った宗旦は、経緯を陀天に伝えるべく稲荷山へと再び向かっていった。何でも陀天から仔細の報告を頼まれていたそうだ。神である陀天もまた、京で起こっている不穏な動きに懸念を抱いているのだろう。

「どうかな。宗旦が陀天さまのところへ行ってからそんなに時間が経ってないし、まだ稲荷山にいるかもしれないよ」

「だとしたら閑馬先生は昨日、塒で別れてから一人きりってことか。悪いことをしちまった」

「……そうだね」

「今までは宗旦が護衛してるならと思って、先生にはしょっちゅう塒に足を運んでもらってたけど。今後はやめておいた方がよさそうだな」

この先、夢幻衆の魔の手が本格的に閑馬へと迫るかもしれない。当人は怪しい気配が絶えたから平気だと主張していたものの、本来であればこれ以上の関与をさせないのが最も安全だ。が、閑馬はおっとりしているようで案外と頑固なところがある。

元より瑠璃たち黒雲も彼の協力を必要としているのだ。夢幻衆に関する謎が増えてしまった今となっては余計、閑馬に力を貸してもらいたい。したがって手間ではあるが、今後は文などでやり取りをする方が無難であろう。

閑馬の話題に、栄二郎はやはり複雑そうな面持ちであった。

「瑠璃さん、もう少し中心に寄りなよ。雨、濡れちゃうよ？」

「ああ、ありがとう」

瑠璃は必要ないと断ったのだが、栄二郎は空の雲行きが怪しいのを見て傘を一本持ってきていた。そして案の定、雨は降った。青年は「ほらね」と笑って傘を差しかけてくれたのだった。

ちら、と瑠璃は目だけで栄二郎の横顔を見やる。

背がぐんと伸びた栄二郎に対し、瑠璃の目線は彼の肩辺りだ。いつの間にこれだけ成長したのだろう。吉原で一緒だった頃はまだ自分よりも背が低かったのに。朗らかな印象こそ前と変わらないが、体つきは引き締まり、どことなく勇ましさが感じられる。江戸で縁談が引きも切らなかったというのも頷ける話だ。

――離れてた数年の間に、すっかり大人になっちまって。

ぼんやりしてやや危なっかしかった少年は、今や頼もしげな青年へと成長を遂げていた。絵師としての新たな道を歩み始めたことが心身の成長に寄与したのだろうか。

その奮闘ぶりを間近で見てこなかったことが、少し、残念に思えた。

「俺さ、安心したよ」

出し抜けに言った栄二郎に、はてと瑠璃は首をひねる。

「だって瑠璃さん、やっと元に戻ってきたから」

「……？　体なら見てのとおりさ」

「体もそうだけど、何ていうか、ずっと元気なかったでしょ」

はあ、とついついため息が出た。

権三にも言われてしまったことだが、自分はそれほど暗い顔をしていたのだろうか。皆に心配をかけるくらいに。おそらくは豊二郎と錠吉も陰ながら気を揉んでいたに違いない。そう思うや、気恥ずかしさと申し訳なさが同時にこみ上げた。

「麗とのことで、色々と考えてたからな……けどもう腹を括った。権さんには話したんだが、わっちは生涯をかけて罪を償っていくと決めたんだ。たとえ一生、許してもらえなくても」

「そっ、か」

相槌を打ったものの、青年は喉奥に何かが詰まったような面差しをした。無理もない、と瑠璃は思う。何せ「一生」という言葉には、途方もない重みが込められているのだから。

束の間、二人の間に沈黙が流れた。

聞こえるのは雨が傘を打つ音、湿った地面を歩く足音ばかり。また同志に無用な心配をさせてしまったか。何か別の話題を出そうかと考えた時、

「当事者じゃない俺が口出しするのは、いけないことかもしれないけど」

長い無言を挟んでから、栄二郎は言葉を一つ一つ選ぶようにして述べた。

「瑠璃さんの罪は、もしかしたら本当に許されるものじゃないのかもしれない。でも、だからって、一人きりで背負わなきゃいけないなんて決まってないよね」

「……え？」

「〝徳孤ならず、必ず隣あり〟。洛西に妙心寺っていう綺麗な庭のあるお寺があってね、そこの茶屋にこう書いてあったんだ」

これは儒家の祖、孔子《こうし》の言葉である。徳を積む者、他者に慈しみをもって接する者は決して孤独にならない。必ず隣に誰かがいてくれるだろうという意だ。

「黒雲の鬼退治が孔子さまの言う徳になっているかは、俺にはわからない。けれど瑠璃さんは今までたくさんの鬼の心を救ってきた。鬼だけじゃない、妖たちが瑠璃さんの近くに集まるのはきっと、瑠璃さんのひたむきな姿に惹かれるからだよ。俺たちにも思い出すだけで胸が苦しくなる過去があるけど、瑠璃さんはずっと、正面から向きあってきてくれたよね。だから俺も兄さんも、錠さんも権さんも皆、瑠璃さんを独り

にしたくないんだ。それに、瑠璃さんは俺にとって大切な――」

そこで栄二郎は不意に言葉を区切り、改めて言い直す。

「瑠璃さんは大切な、黒雲の頭領だ。それこそ一生変わらないことさ。だから俺も、瑠璃さんが背負ってるものを一緒に背負うよ」

一緒に。その言葉は瑠璃の心の、奥底にあったものを動かした。

――いいんだろうか。

望んではいけないと思っていた。当然、一人きりで背負わねばならないのだと。それも贖罪のうちに違いあるまいと――。

こちらを見る栄二郎の顔には、微笑みが浮かんでいた。今の言葉が本心からのものであることも、瑠璃を長らく案じていたのであろうことも、顔に書いてある。

青年は心を読んだかのように言った。

「瑠璃さん。今、少しくらいなら、泣いてもいいんじゃないかな」

「いいや、泣かない。泣くわけにはいかないんだ」

食い気味に答える言葉とは裏腹に、雫が一筋、白い頬を伝っていった。

「……雨、やまないな」

「……うん。そうだね」

天を見仰いだ栄二郎は、「あ」と立ち止まった。

「見て瑠璃さん、青空だよ。狐の嫁入りだ」

瑠璃も栄二郎に倣い頭をそらす。

長雨は今もなお降り続いてやむ気配がない。しかし雲の切れ間からは爽やかな青がのぞいていた。雨の雫が日の光にきらきらと照り輝く様は、まるで幻を見るかのごとき美しさであった。

雨なのに、晴れ。奇妙な空模様を人は狐に誑《たぶら》かされているからと意味づける。ならば狐に感謝せねば、と瑠璃は思った。これほど幻想的な光景を人々に見せ、俯けていた顔を上に向かせてくれるのだから。

心に生じた波紋はいつしか凪《な》いでいた。むろん晴天とまではいかない。だが心に誓った償いのありようが、大切な者たちの支えが、静謐《せいひつ》さを取り戻してくれた。


――大好きだよ、瑠璃さん。大好きだよ。


青空の向こうから友の声が聞こえた気がした。

瑠璃はぐいと頬を左手でぬぐう。

「さあ、行こう。関馬先生の家までもうちょっとだ」

千本通をさらに進む間、もっぱらの話題はやはり夢幻衆のことだった。

麗、蟠雪の他、残る二人の夢幻衆は最初の対面を遡って考えるに、おそらく男女が一人ずつであろう。麗は青龍の地である東に、蟠雪は玄武の地である北に拠点を構えていた。となれば残りの二人も白虎の地である西、朱雀の地である南にそれぞれ潜んでいると考えるのが自然だ。裏四神に融合された白と露葉に関しても然りである。

男女の夢幻衆。黒幕と思しき麒麟、蘆屋道満——探らなければならないことは他にもある。

妖鬼を操ることと、四神の力を掌握すること。この二つが果たしてどう繋がるのか。そして、

「あの柱については結局、蟠雪の野郎に聞けず終いだったな」

瑠璃は遠く洛東、四条大橋の位置にそびえ立つ柱へ目を眇める。振り向いて見れば北の船岡山にも天を貫く巨大な柱がどっしりと佇んでいる。どちらの柱にも黒や赤、紫色のまざった濃い邪気がうねっていた。

裏青龍、そして裏玄武を退治するのと時を同じくして発現した柱。蟠雪はあれを

「禍ツ柱」と呼んでいた。

「深泥池の戦いで確信した。あれはきっと、裏玄武の体内にあった巻物が崩れたことで現れたんだ」

「裏青龍の中にも同じ巻物があったもんね。あの時も巻物が真っ二つになると同時に、柱がせり上がってきた……」

裏四神の体内にあったということは、すなわち巻物は夢幻衆が仕込んだものと見て間違いない。古ぼけた巻物。邪気を漂わせる柱。この二つもまた夢幻衆の奸計《かんけい》に関わっているのだろう。

「あの巻物も、不死にまつわるものなのか……？」

議論を交わすうち、二人は目的地まですぐそこの距離に達していた。瑠璃は見慣れた辻を左に曲がる。この出水通《でみずどおり》の左手、五軒目が閑馬の家だ。

ところが通りを曲がるや否や、瑠璃と栄二郎は顔をしかめた。

閑馬の家の前には人だかりができていた。

「誰がこないなことを」

「番所へはもう届けたんか」

「ああ。お役人がこっちに向こうとる」

何か、嫌な予感がした。

声を落としながら話しこむ者たちはいずれも近隣の住人だ。内の一人がふとこちらに視線を寄越す。瑠璃の姿を認めるや、彼女は悲愴な顔つきになった。

「あんたさん、閑馬先生の……」

甚太の母親であった。

「どうしたんです。この集まりは？　何かあったんですか？」

気色ばんで問うと、甚太の母は瑠璃から目をそらした。

「あんたさんは、中に入らん方がええ。見ぃひん方が――」

言葉が終わるのを待たず、瑠璃は気づけば玄関に向かい駆けていた。栄二郎も緊迫した面持ちで後を追う。

まさか。

まさか。

――情報屋でも雇っとるんか？　小賢しいなァ……。

玄関の戸を開けると同時に、ふわ、と覚えのある香りが鼻を突いた。

熟した桃を思わせる、ひどく甘い香り。

胸騒ぎが止まらない。勝手知ったる間取りを即座に思い浮かべる。手前にある作業部屋か。だが襖を開けても誰もいない。

「閑馬先生、どこだっ」

土足で居間に上がりこむ。だがここにもいない。

続けて奥の間への襖を開けた瞬間、瑠璃と栄二郎は言葉を失った。

畳に染みこんだ血だまり。だらりと動かない四肢。見開かれた両目――。

桃の香りが立ちこめる中、閑馬の物言わぬ死体がそこに転がっていた。

本書は書下ろしです。

|著者|夏原エヰジ　1991年千葉県生まれ。上智大学法学部卒業。石川県在住。2017年に第13回小説現代長編新人賞奨励賞を受賞した『Cocoon－修羅の目覚め－』でいきなりシリーズ化が決定。その後、『Cocoon2－蠱惑の焰－』『Cocoon3－幽世の祈り－』『Cocoon4－宿縁の大樹－』『Cocoon5－瑠璃の浄土－』『連理の宝－Cocoon外伝－』『Cocoon 京都・不死篇－蠢《しゅん》－』と次々に刊行し、人気を博している。『Cocoon－修羅の目覚め－』はコミカライズもされている。

Cocoon《コクーン》 京都《きょうと》・不死篇《ふしへん》2―疼《とう》―

夏原《なつばら》エヰジ

講談社文庫

定価はカバーに
表示してあります

2022年8月10日第1刷発行

KODANSHA

発行者――鈴木章一
発行所――株式会社　講談社
東京都文京区音羽2-12-21　〒112-8001
電話　出版（03）5395-3510
　　　販売（03）5395-5817
　　　業務（03）5395-3615

デザイン―菊地信義
本文データ制作―講談社デジタル製作
印刷―――株式会社KPSプロダクツ
製本―――株式会社国宝社

Printed in Japan

ISBN978-4-06-528395-0

講談社文庫刊行の辞

二十一世紀の到来を目睫に望みながら、われわれはいま、人類史上かつて例を見ない巨大な転換期をむかえようとしている。

世界も、日本も、激動の予兆に対する期待とおののきを内に蔵して、未知の時代に歩み入ろうとしている。このときにあたり、創業の人野間清治の「ナショナル・エデュケイター」への志を現代に甦らせようと意図して、われわれはここに古今の文芸作品はいうまでもなく、ひろく人文・社会・自然の諸科学から東西の名著を網羅する、新しい綜合文庫の発刊を決意した。

激動の転換期はまた断絶の時代である。われわれは戦後二十五年間の出版文化のありかたへの深い反省をこめて、この断絶の時代にあえて人間的な持続を求めようとする。いたずらに浮薄な商業主義のあだ花を追い求めることなく、長期にわたって良書に生命をあたえようとつとめるところにしか、今後の出版文化の真の繁栄はあり得ないと信じるからである。

同時にわれわれはこの綜合文庫の刊行を通じて、人文・社会・自然の諸科学が、結局人間の学にほかならないことを立証しようと願っている。かつて知識とは、「汝自身を知る」ことにつきていた。現代社会の瑣末な情報の氾濫のなかから、力強い知識の源泉を掘り起し、技術文明のただなかに、生きた人間の姿を復活させること。それこそわれわれの切なる希求である。

われわれは権威に盲従せず、俗流に媚びることなく、渾然一体となって日本の「草の根」をかたちづくる若く新しい世代の人々に、心をこめてこの新しい綜合文庫をおくり届けたい。それは知識の泉であるとともに感受性のふるさとであり、もっとも有機的に組織され、社会に開かれた万人のための大学をめざしている。大方の支援と協力を衷心より切望してやまない。

一九七一年七月

野間省一

講談社文庫 最新刊

森 博嗣
萩尾望都 原作
トーマの心臓
〈Lost heart for Thoma〉
愛と死と孤独に悩む少年たち——。萩尾望都の名作コミックを森博嗣が小説化した傑作！

殊能将之
殊能将之 未発表短篇集
『ハサミ男』の著者による短篇集。没後発見された短篇3篇と「ハサミ男の秘密の日記」収録。

西尾維新
人類最強のsweetheart
依頼人は、〝鴉《からす》の濡《ぬ》れ羽《ば》島《じま》〟で出会った「天才」や「天才の子」で!? 最強シリーズ完結！

町田 康
記憶の盆をどり
名手が演じる小説一人九役！ 読む快楽に満ちた、バラエティ豊かな全九編の短編作品集。

二階堂黎人
巨大幽霊マンモス事件
雪に閉ざされたシベリア。密室殺人と幽霊マンモスの謎に、名探偵・二階堂蘭子が挑む！

リー・チャイルド
青木 創 訳
奪還(上)(下)
不自然な妻子拉致事件の真相を追え！ 映像化で世界的に人気のアクションミステリー。

講談社タイガ
内藤 了
呪《じゅ》街《がい》
〈警視庁異能処理班ミカヅチ〉
警視庁異能処理班。彼らは事件を解決するのではなく、処理する。まったく新しい怪異×警察小説！

講談社文芸文庫

大澤真幸
〈世界史〉の哲学1　古代篇
解説=山本貴光
おZ2
978-4-06-527683-9
資本主義の根源を問う著者の破天荒な試みがついに文庫化開始！　本巻では〈世界史〉におけるミステリー中のミステリー＝キリストの殺害が中心的な主題となる。

大澤真幸
〈世界史〉の哲学2　中世篇
解説=熊野純彦
おZ3
978-4-06-528858-0
「中世」とは、キリストの「死なない死体」にとり憑かれた時代であった！　誰も明確には答えられない謎に挑んで見えてきた真実が資本主義の本質を照らし出す。

西村京太郎　新装版　殺しの双曲線
西村京太郎　新装版　名探偵に乾杯
西村京太郎　南伊豆殺人事件
西村京太郎　十津川警部　青い国から来た殺人者
西村京太郎　新装版　天使の傷痕
西村京太郎　新装版　D機関情報
西村京太郎　十津川警部　猫と死体はタンゴ鉄道に乗って
西村京太郎　韓国新幹線を追え
西村京太郎　北リアス線の天使
西村京太郎　十津川警部　長野新幹線の奇妙な犯罪
西村京太郎　上野駅殺人事件
西村京太郎　京都駅殺人事件
西村京太郎　沖縄から愛をこめて
西村京太郎　十津川警部「幻覚」
西村京太郎　函館駅殺人事件
西村京太郎　内房線の猫たち〈異説里見八犬伝〉
西村京太郎　東京駅殺人事件
西村京太郎　長崎駅《ナガサキ・レディ》殺人事件
西村京太郎　十津川警部　愛と絶望の台湾新幹線

西村京太郎　西鹿児島駅殺人事件
西村京太郎　札幌駅殺人事件
西村京太郎　十津川警部　山手線の恋人
西村京太郎　仙台駅殺人事件
西村京太郎　七人の証人〈新装版〉
西村京太郎　十津川警部　両国駅3番ホームの怪談
西村京太郎　午後の脅迫者〈新装版〉
仁木悦子　猫は知っていた
新田次郎　新装版　聖職の碑《いしぶみ》
日本文芸家協会編　愛染夢灯籠〈時代小説傑作選〉
日本推理作家協会編　犯人たちの部屋〈ミステリー傑作選〉
日本推理作家協会編　隠された鍵〈ミステリー傑作選〉
日本推理作家協会編　Play《プレイ》推理遊戯〈ミステリー傑作選〉
日本推理作家協会編　Doubt《ダウト》きりのない疑惑〈ミステリー傑作選〉
日本推理作家協会編　Bluff《ブラフ》騙し合いの夜〈ミステリー傑作選〉
日本推理作家協会編　ベスト8ミステリーズ2015
日本推理作家協会編　ベスト6ミステリーズ2016
日本推理作家協会編　ベスト8ミステリーズ2017
日本推理作家協会編　2019ザ・ベストミステリーズ

二階堂黎人　ラン迷宮〈二階堂蘭子探偵集〉
二階堂黎人　増加博士の事件簿
新美敬子　猫のハローワーク
新美敬子　猫のハローワーク2
西澤保彦　新装版　七回死んだ男
西澤保彦　人格転移の殺人
西村健　ビンゴ
西村健　地の底のヤマ(上)(下)
西村健　光陰の刃《やいば》(上)(下)
西村健　目撃
楡周平　修羅の宴(上)(下)
楡周平　バルス
楡周平　サリエルの命題
西尾維新　クビキリサイクル〈青色サヴァンと戯言遣い〉
西尾維新　クビシメロマンチスト〈人間失格・零崎人識〉
西尾維新　クビツリハイスクール〈戯言遣いの弟子〉
西尾維新　サイコロジカル(上)〈兎吊木垓輔の戯言殺し〉(下)〈曳かれ者の小唄〉
西尾維新　ヒトクイマジカル〈殺戮奇術の匂宮兄妹〉
西尾維新　ネコソギラジカル(上)〈十三階段〉

講談社文庫　目録

講談社文庫　目録

藤　水名子　紅　嵐　記 (上)(中)(下)
藤原伊織　テロリストのパラソル
藤本ひとみ　新・三銃士　少年編・青年編〈ダルタニャンとミラディ〉
藤本ひとみ　皇妃エリザベート
福井晴敏　亡国のイージス (上)(下)
福井晴敏　終戦のローレライ Ⅰ〜Ⅳ
藤原緋沙子　遠　花　火〈見届け人秋月伊織事件帖〉
藤原緋沙子　春《はる》疾《はや》風《て》〈見届け人秋月伊織事件帖〉
藤原緋沙子　暖《ぬくめ》鳥《どり》〈見届け人秋月伊織事件帖〉
藤原緋沙子　霧の路《みち》〈見届け人秋月伊織事件帖〉
藤原緋沙子　鳴《なる》子《こ》守《もり》〈見届け人秋月伊織事件帖〉
藤原緋沙子　夏ほたる〈見届け人秋月伊織事件帖〉
藤原緋沙子　笛　吹　川〈見届け人秋月伊織事件帖〉
藤原緋沙子　青《せい》嵐《らん》〈見届け人秋月伊織事件帖〉
椹野道流　亡　羊　の　嘆〈鬼籍通覧〉
椹野道流　新装版　暁　天　の　星〈鬼籍通覧〉
椹野道流　新装版　無《む》明《みょう》の　闇〈鬼籍通覧〉
椹野道流　新装版　壺《こ》中《ちゅう》の　天〈鬼籍通覧〉
椹野道流　新装版　隻《せき》手《しゅ》の　声〈鬼籍通覧〉
椹野道流　新装版　禅《ぜん》定《じょう》の　弓〈鬼籍通覧〉
椹野道流　池《ち》魚《ぎょ》の殃《わざわい》〈鬼籍通覧〉
椹野道流　南《なん》柯《か》の夢〈鬼籍通覧〉
深水黎一郎　ミステリー・アリーナ
藤谷　治　花　や　今　宵　の
古市憲寿　働き方は「自分」で決める
船瀬俊介　かんたん「1日1食」!!〈万病が治る！　20歳若返る！〉
古野まほろ　身元不明《ジェーンドウ》〈特殊殺人対策官　箱崎ひかり〉
古野まほろ　陰　陽　少　女
古野まほろ　陰　陽　少　女〈妖《よう》刀《とう》村《むら》正《まさ》殺人事件〉
古野まほろ　禁じられたジュリエット
藤崎　翔　時間を止めてみたんだが
藤井邦夫　大江戸閻《えん》魔《ま》帳《ちょう》
藤井邦夫　三　つ　の　顔〈大江戸閻魔帳(二)〉
藤井邦夫　渡　世　人〈大江戸閻魔帳(三)〉
藤井邦夫　笑　う　女〈大江戸閻魔帳(四)〉
藤井邦夫　罰《ばち》当《あた》り〈大江戸閻魔帳(五)〉
藤井邦夫　福　の　神〈大江戸閻魔帳(六)〉
福澤徹三　糸《し》柳《やな》寿《とし》昭《あき》　忌《い》　み　地〈怪談社奇聞録〉
福澤徹三　糸柳寿昭　忌《い》　み　地　弐〈怪談社奇聞録〉
藤井太洋　ハロー・ワールド
藤野嘉子　60歳からは「小さくする」暮らし　生き方がラクになる
福澤徹三　作　家　ご　は　ん
辺見　庸　抵　抗　論
星　新一　エヌ氏の遊園地
星　新一編　ショートショートの広場 ①〜⑨
本田靖春　不　当　逮　捕
保阪正康　昭和史　七つの謎
堀江敏幸　熊　の　敷　石
本格ミステリ作家クラブ編　ベスト本格ミステリ　TOP5〈短編傑作選002〉
本格ミステリ作家クラブ編　ベスト本格ミステリ　TOP5〈短編傑作選003〉
本格ミステリ作家クラブ編　ベスト本格ミステリ　TOP5〈短編傑作選004〉
本格ミステリ作家クラブ選・編　本格王２０１９
本格ミステリ作家クラブ選・編　本格王２０２０
本格ミステリ作家クラブ選・編　本格王２０２１
本格ミステリ作家クラブ選・編　本格王２０２２
本多孝好　君　の　隣　に
本多孝好　チェーン・ポイズン〈新装版〉

2022 年 6 月 15 日現在